레저렉션 6

10000LAB 현대 판타지 소설

초판 1쇄 찍은 날 § 2020년 1월 29일
초판 1쇄 펴낸 날 § 2020년 2월 5일

지은이 § 10000LAB
펴낸이 § 서경석

총괄팀장 § 노종아
편집책임 § 박현성
디자인 § 소소연

펴낸곳 § 도서출판 청어람
등록번호 § 제387-1999-000006호
등록일자 § 1999. 5. 31
어람번호 § 제1-3082호

주소 § 경기도 부천시 부일로 483번길 40 서경B/D 3F (우) 14640
전화 § 032-656-4452 팩스 § 032-656-4453
http://www.chungeoram.com
E-mail § chungeorambook@daum.net

© 10000LAB, 2019

ISBN 979-11-04-92125-4 04810
ISBN 979-11-04-92057-8 (세트)

레져렉션 6

Resurrection

10000LAB 현대 판타지 소설

MODERN FANTASTIC STORY

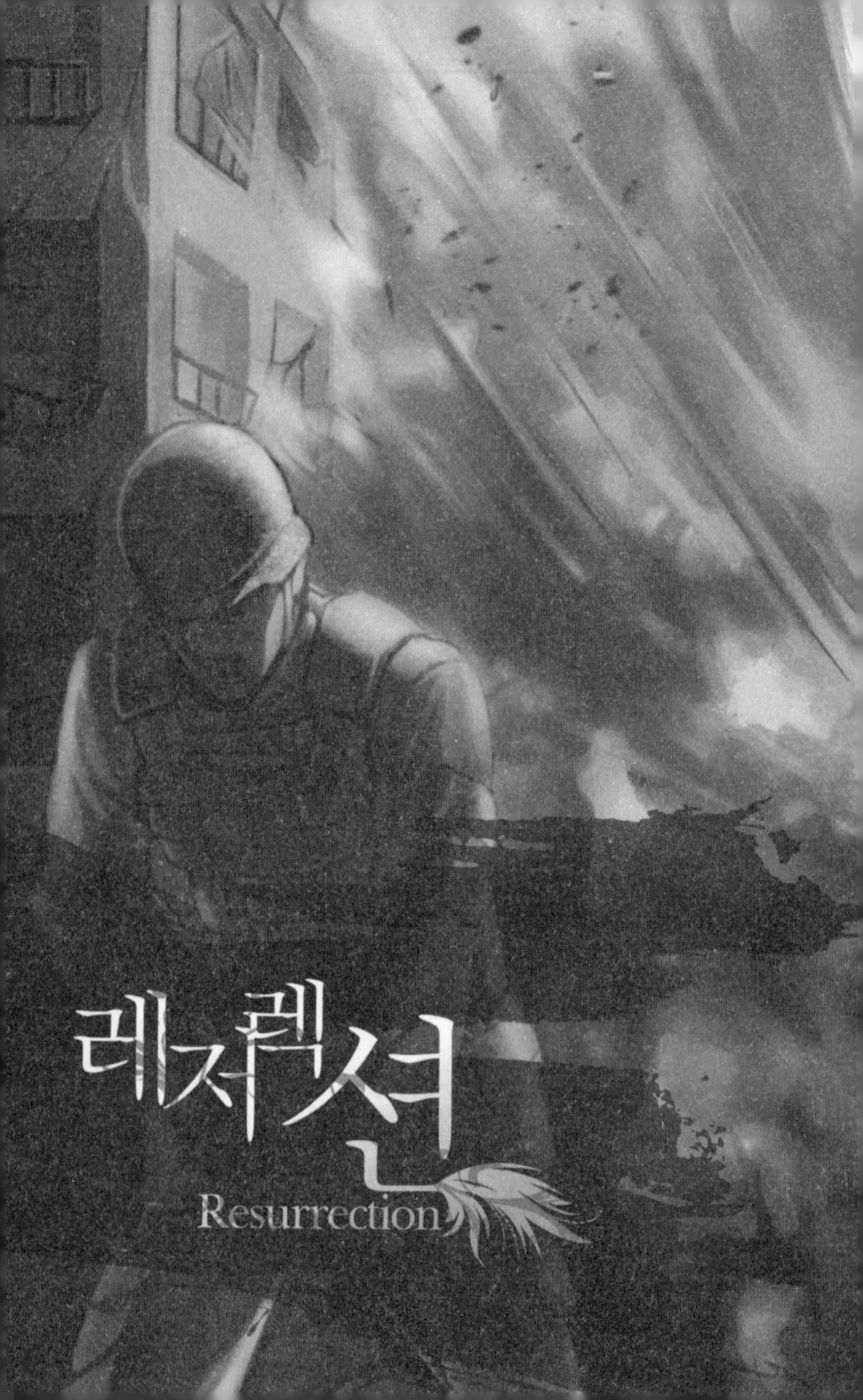
레저렉션
Resurrection

Contents

제1장

배 안에서

선박 의무대로 돌아온 도수는 처치실 앞에 앉았다.

맞은편에 아사다 류타로와 김광석이 나란히 앉아서 수술 전 긴장감을 맛보고 있었다.

스르륵.

피로한 눈을 감은 도수는 손을 주물렀다.

그런 그를 응시하던 김광석이 물었다.

"괜찮나?"

도수는 눈을 뜨지 않은 채로 대답했다.

"괜찮습니다."

그때, 아사다 류타로가 대화를 이어갔다.

"수술은 어떤 방식으로 진행하실 생각이십니까?"

그가 이 같은 질문을 던진 이유는 간단했다.

어떤 수술이 이뤄질지 전혀 감이 잡히지 않았기 때문이다.

오래도록 정박해 있던 선박과 병원 의료 팀을 갑자기 동원하는 바람에 이렇다 할 검사 시설을 갖추지 않은 상태로 출동했던 것.

아사다 류타로의 상식으론 검사도 하지 않고 이런 큰수술을 하는 건 무리였다.

그에 도수가 슬며시 눈을 뜨며 대답했다.

"일단은 열어봐야 알 것 같습니다."

"검사도 없이 수술에 들어가면 놓치는 부분이 생기기 십상일 텐데요."

"일차적으로 지혈만 하고 나올 수 있다면 좋겠지만……."

도수는 이미 어린 환자의 배 속을 봤다.

따라서 그 정도 조치만으론 부족하다는 것을 누구보다 잘 알고 있었다.

"그게 안 된다면 놓치는 부분이 없도록 주의를 기울이며 끝까지 수술을 해야죠. 그래서 김 교수님을 부른 겁니다."

아무리 투시력이 있다 해도 놓치는 부분이 생길 수 있었다.

오감에 이상이 없다고 해서 물건을 잃어버리지 않는 건 아닌 것과 같은 맥락이었다.

이런 실수를 줄이려면 많은 경험과, 다양한 경험을 한 써전을 한 사람이라도 더 데리고 들어가는 것이 유리했다.

지켜보는 눈이 한 쌍이라도 더 있으면 놓친 부분을 포착하기 수월하기 때문이다.

이런 의미에서 아사다 류타로도 든든한 지원군이었다.

"아사다 선생님도 놓치는 게 있는지 잘 봐주세요."

"저야 뭐 흉부외과의니……."

그렇게 말은 했지만 지나친 겸손이었다.

흉부외과의라도 경험이 적을 뿐 해부학적인 지식은 중증 외상 외과의와 비교해 크게 뒤떨어지지 않을 테니까.

두 사람을 일별하던 김광석이 말했다.

"우린 환자를 살릴 거야. 이렇게 세계 최고의 젊은 권위자들이 함께하는 수술인데 꼭 성공해야지."

"과찬이십니다."

아사다 류타로가 대꾸했다.

"김 교수님 명성은 일본에서도 익히 들었습니다. 하루에도 여러 건의 대수술을 성공시키는 신의 손이시라고요."

"여기 이도수 선생만 하겠는가."

"……."

두 사람의 시선이 도수를 향했다.

도수가 해왔던 수술들. 그가 성공시켰던 수술들은 대부분 평범한 외과의라면 손대기도 아찔한 그런 수술들이었다.

그렇기에 이번 수술도 반드시 성공시킬 거라고, 두 사람은 믿음을 가졌다.

바로 이런 시선.

이런 시선들이 도수의 가슴을 무겁게 짓누르는 부담감이었다.

그나마 의사가 보내는 시선은 좀 낫지, 환자나 보호자가 이런 눈빛으로 자신을 쳐다볼 땐 정말 가슴이 철렁했다.

하지만 익숙했기에.

도수는 내색하지 않고 일어섰다.

"슬슬 준비하시죠."

고개를 끄덕인 두 사람이 따라 일어났다.

손을 소독하고 있는 그때.

한 사람이 임시 대기실로 들어왔다.

바로 수술복을 입은 매디 보웬이었다.

"안녕하세요."

그녀도 의료 팀에 합류해서 이쪽 배로 건너왔던 것이다.

"매디 보웬."

"수술 참관해도 될까 해서."

"참관이요?"

"배 위에서의 수술은 흔한 일이 아니잖아."

잠시 생각해 보던 도수가 고개를 끄덕였다.

"영상이나 사진 촬영은 안 됩니다."

"나도 그 정도 상식은 있다고."

빙그레 웃으며 두 손을 내 보인 매디 보웬.

그녀는 세 사람의 써전과 함께 수술실 안으로 입장했다.

그러자 안에서 미리 수술 준비를 마쳐둔 강미소와 이시원이 고개를 숙였다.

"안녕하세요."

오성병원 간호사의 도움을 받아 장갑을 낀 도수가 말했다.

"그럼 시작해 볼까요?"

그는 어린 환자에게로 다가갔다.

환자는 깊이 잠들어 있었다.

'깰 때쯤이면 괜찮아질 거야.'

속으로 말한 도수가 볼록해진 배를 보았다.

샤아아아아아아.

피가 가득 차서 복강이 팽팽하게 부풀어 올라 있었다.

이내 도수는 맞은편에 선 김광석과 아사다 류타로에게 말했다.

"피가 터져 나올 거예요."

"그럴 것 같군."

"그럼, 개복 시작하겠습니다. 칼."

강미소가 건넨 메스를 받아 든 도수는 칼날을 환자의 배에 가져다 댔다.

그르르르르르.

미세하게 떨리는 선체.

이미 어느 정도 진동에 적응돼서 그냥 서 있을 땐 크게 와 닿지 않는데, 이렇게 정교한 수술을 하려고 서니 미세한 진동도 치명적이었다.

"젠장."

같은 느낌을 받은 김광석이 욕설을 뱉었고.

아사다 류타로 또한 걱정스러운 표정으로 물었다.

"괜찮겠습니까? 실수로 혈관이라도 잘못 건드렸다간……."

그는 생각만 해도 끔찍한지 말을 끝까지 잇지 못했다.

안 그래도 심각한 출혈이 지속되어 온 환자다. 여기서 멀쩡한 혈관까지 손상을 입힌다면 그야말로 걷잡을 수 없는 출혈이 발생할 터였다.

하지만 도수는 멈출 수 없었다.

지금 수술하지 않으면 어차피 버티지 못하는 것은 똑같을 테니까.

"…절개 들어갑니다."

잠시 멈췄던 도수의 칼날이 다시 움직였다.

슥, 스으으으윽.

그르르르르르.

선체의 흔들림에도.

수직으로 움직이는 칼날은 미동하지 않았다.

단순히 메스를 단단히 붙잡아서가 아니었다.

도수는 몸으로 진동을 읽고 있는 것이다.

'감(感).'

감각에 맡겨야 했다.

그래야 칼이 다른 곳으로 들어가지 않는다.

완전히 믿고 몸이 가는 대로 움직인다.

어차피 진동 방향은 같으니 선체의 진동에 저항하기보단 순응한다.

스으윽.

마무리까지 깔끔하게 배를 가른 도수는 메스를 반납하며 말했다.

"보비."

그리고 복막을 자르기 전, 짤막하게 덧붙였다.

"피 많이 납니다."

모두가 바짝 긴장한 가운데.

보비가 복막을 태웠다.

치이이이이이익.

그 순간.

푸슉!

피가 튀었다.

배 속은 핏물로 가득 차 있었다.

넘실댄다는 표현이 걸맞을 정도로.

"거즈!"

도수의 손이 빨라졌다.

거즈를 채우기 무섭게 붉고 무거운 덩어리가 됐고.

철퍽! 철퍽! 철퍽!

그는 제 역할을 다한 거즈를 패대기쳤다.

"이리게이션!"

핏물에 덕지덕지 엉겨 붙은 췌장액이 장기들을 녹이지 않도록 세척액을 붓고 다시 거즈를 쑤셔 넣는다.

철퍽! 철퍽!

거즈를 내던지고.

다시 새 거즈로 갈아서 넣는다.

그 와중 도수가 외쳤다.

"포셉! 클램프, 켈리!"

순식간에 의료 도구들이 교체되며 손이 바빠졌다.

능수능란한 움직임.

어떤 써전도 이보다 빠를 순 없을 것 같았지만, 그럼에도 환자의 상태는 더 빠르게 악화되고 있었다.

"후우! 배 속이 완전 엉망이야!"

김광석이 진저리를 쳤고.

아사다 류타로도 미간을 찌푸렸다.

"혈압 계속 떨어집니다."

이건 혈액 주머니를 짠다고 어쩔 수 있는 출혈량이 아니었다.

"빌어먹을."

혈압을 확인한 김광석이 신음하듯 뱉었다.

"깨진 항아리 같군……!"

적절한 비유다.

깨진 항아리에서 물이 새듯 피가 빠져나가고 있으니.

"방법이 없습니다. 빨리 출혈 잡는 수밖에. 보비."

치이이이이익!

도수는 순식간에 장의 손상부 위를 절제했다.

샤아아아아아아아.

투시력을 끊임없이 쏟아붓고 있었다.

체력도 환자의 몸에서 피가 빠져나가듯 물처럼 빠져나갔다.

주르륵.

관자놀이를 타고 땀이 흘렀고, 간호사가 닦았다.

"패드로 싸는 건 안 돼요. 봉합합니다. 타이."

봉합침과 봉합사를 받은 도수는 절제 부위를 꿰매려 했다.

그러나.

그르르르르르.

선체의 흔들림.

이게 가장 큰 난관이었다.

"후우."

짧게 한숨을 뱉은 도수는 손을 대려 했다.

그러나 또.

그르르르.

어선에서처럼, 혹은 헬리콥터에서처럼 지진이 난 듯 흔들리는 건 아니었다.

그러나 실과 바늘을 써서 상처를 꿰고 매듭짓는 건 절제에 비해 기술적으로 더 손이 많이 가는 일이었다.

'시간이 없다.'

도수가 불쑥 말했다.

"강미소 선생."

"네?"

"거기 무전기 있어요."

"⋯예."

그녀가 무전기를 들기 무섭게 도수가 할 일을 알려주었다.

"제 주파수에 대고 무전 때려요. 배를 멈춰달라고."

"배를⋯⋯?"

"빨리. 시간 없습니다."

고개를 끄덕인 강미소가 무전을 했다.

치지직.

"여긴 의무대 수술실. 배 멈춰달라, 오버. 다시 반복한다. 배 멈춰달라, 오버."

그러자 곧장 답변이 돌아왔다.

—일 분만 기다려요, 오버.

나유하였다.

일 분.

도수는 초조해졌다.

다른 의료진들도 마찬가지일 터.

그리고 그들 누구보다도 환자가 더 초조할 것이다.

이 같은 생각을 하며 환자를 주시하던 김광석이 긴장감을 달래려는 것처럼 물었다.

"배는 어떻게 멈추려고?"

"곧 멈출 겁니다."

도수는 설명을 생략했다.

그 말이 떨어지고 머지않아.

쿵!

한 차례 크게 흔들린 선박의 흔들림이 잦아들었다.

'지금이다.'

지금 이 순간.

도수에게 주어진 시간은 여전히 많지 않았다.

대신 배가 닻을 내린 시간 동안만큼은 날씨와 파도의 영향권을 벗어난 셈이었다.

"다시 시작합니다."

도수의 손이 움직이기 시작했다.

슥, 스윽.

육안으로 따라잡기 힘든 수준의 빠르기.

손상된 부위를 절제하고 상처를 꿰매 출혈을 막으려면 반드시 필요한 시간이 재촉하듯 흐르고 있었다.

환자의 골든아워와 맞물리며 돌아가는 그 시간이 바로 이
번 수술 결과를 결정지을 승부처였다.

'더 빨리.'

급박한 순간이었지만 오히려 손의 힘은 풀고.

침착하게 하나씩 해결한다.

그게 바로 도수의 비법이었다.

＊　　　＊　　　＊

한편.

아사다 류타로는 놀라움을 숨기지 못했다.

차라리 경악에 가까웠다.

'어떻게……'

그야말로 물 흐르듯 진행되는 수술.

잠시 잠깐의 망설임조차 없었다.

그가 보기에 도수는 눈으로 보기도 전에 환자의 손상 부위
와 터진 곳을 정확히 찾아 꿰매는 것 같았다. 그래야 이토록
빠른 대응이 말이 된다.

하지만.

'그런 게 가능하긴 한 건가?'

하긴, 이런 질문은 무의미할 수도 있다.

도수가 지금껏 단 한 차례의 수술 실패도 겪지 않았던 것

은, 남들이 볼 수 없는 것들을 꿰뚫어 볼 수 있기 때문일 테니까.

아사다 류타로는 정확히 간파하지 못했지만, 이 모든 것은 대부분 외과의들이 꿈꾸는 능력인 투시력을 발휘할 수 있기 때문이었다.

그 와중에도.

혈압은 계속 떨어지고 있었다.

아사다 류타로는 환자의 중태를 잘 알고 있었기에 작은 변화도 놓치지 않고 있었고, 혈압이 더 떨어지면 위험하다고 판단했는지 대안을 제시했다.

"정질액 사백 밀리리터 공급하겠습니다."

수액을 투여하자는 말이다.

그러나.

뜻밖에도 도수는 고개를 저었다.

"일회박출량 변이나 심장박출지수가 낮은 상태가 아니에요. 우린 당장 수술이 성공하는 게 목적이 아니라 환자를 살리는 게 목적입니다. 수액 과부하가 사망률 증가와 직접적 상관관계를 가진다는 건 여러 연구에서 이미 증명된 사실이에요."

그는 최악의 상황 속에서도 차분했다.

냉철하게 분석하고 판단했다.

도수의 외모가 아니었더라면 그 누가 그를 젊은 의사라고 생각하겠는가?

마치 수십 년 수술해 온 써전 같은 모습에, 아사다 류타로는 식은땀을 흘리며 물었다.

"하지만… 지금 당장 출혈이 너무 심합니다."

"그래도 수액은 지금 이대로. 피 짜면서 에페드린 주세요."

"에페드린이요?"

에페드린(Ephedrine: 교감신경흥분제의 일종)은 심박수와 심박출량을 증가시키고 말초 혈관을 수축시켜 일시적으로 혈압을 올려주는 역할을 한다.

그러나 반대로 마약 성분을 포함하기 때문에 과다 복용 시 부정맥이나 심장마비 등 심각한 부작용을 야기할 수 있는 위험한 약물이었다.

그럼에도 도수는 고개를 끄덕였다.

"조금만 버티면 됩니다. 출혈 잡을 때까지만."

서걱, 서걱……

그 와중에도 도수의 손은 끊임없이 움직이고 있었다. 라크리마에서 수많은 외상 환자들을 경험하며 안쪽, 바깥쪽 할 것 없이 출혈을 잡는 데에는 누구보다 자신이 있었기 때문에 내린 판단이다.

"타이."

슥, 스윽.

"컷."

툭!

스윽, 슥.

"컷."

툭!

"……."

아사다 류타로는 반발할 생각도 못 하고 도수의 수술 솜씨를 감상했다.

'기계 같군.'

애초에 투시력을 이용한 모든 것들이 불가능한 일들이었지만.

기본기조차도 보기 힘든 수준의 실력이었다.

이렇듯 눈부신 속도와 정확도는 오로지 써전의 집중력에 의한 것.

도수는 그야말로 무시무시하게 환자한테 몰입하고 있는 것이다.

그 마음이 닿은 걸까?

어린 환자 역시 도수의 수술 실력만큼이나 기적적으로 버텨주고 있었다.

아사다 류타로가 말했다.

"이시원 선생, 혈액 좀 더 가져와요."

미리미리 대처하기 위해서다.

충분히 가져온 혈액을 다 썼다는 건, 환자 몸에 본인 피보다 타인의 피가 더 많이 돌고 있다는 뜻이다.

그런데도 버티고 있다는 것은 실로 놀라운 생존력이었다.

어리고 건강한 몸이 자체적인 회복력을 발휘하면서 인체가 받는 스트레스를 극복하고 있는 것이다.

"컷."

툭!

실밥이 잘려 나가고.

도수가 말했다.

"봉합 끝났습니다."

벌써?

그런 표정으로 모두가 도수를 바라봤지만.

그는 개의치 않고 고개를 돌리며 물었다.

"혈압은?"

"…조금씩 돌아오고 있군."

김광석은 떨떠름한 표정으로 말했다. 미처 수술 전 검사 사진을 확인하지 못했기에 언제 봉합이 끝난지도 몰랐다.

그리고 정말 모든 출혈이 잡힌 건지도 알 수 없었다.

한데 도수는 손상된 장기 네 곳을 절제하고 열두 곳을 꿰매는 일을 순식간에 해냈다.

그것도 한 곳도 빈 곳 없이.

완벽하게 환자의 출혈을 잡은 것이다.

"피 좀 더 주면서 배 닫겠습니다."

그렇게 말하는 도수는 입에서 단내가 나는 걸 느꼈다. 머리가 핑 돌 정도로 힘에 부쳤다. 오늘 하루가 이렇게 길 수가 없었다.

하지만 그가 칼자루를 놓치는 순간, 환자의 운명은 끈 끊어진 연처럼 어디론가 날아가 버릴 터였다.

다른 환자들과는 달랐다.

이곳은 검사 기기는 물론 의료 도구들도 완벽히 갖춰지지 않은 열악한 환경.

이런 상황에서 어린 환자를 감당할 수 있는 건, 환자의 배 속을 훤히 들여다보고 있는 도수뿐이었다.

그야말로 지켜보는 것만도 숨이 찰 정도로 급박한 상황에서 그들을 지켜보던 매디 보웬은 자기도 모르게 말려 있는 주먹에 힘을 주었다.

'또 성공이라니.'

그간 도수의 행보를 모두 조사해 둔 매디 보웬이다. 그녀는 세계 여론이 집중할 만한 사건 속에서 다시 한번 대활약한 도수의 위상이 어디까지 치솟을지 감이 안 잡혔다.

*　　　　*　　　　*

사십이 분.

도수가 대수술을 끝내는 데 걸린 시간이었다.

정작 장기의 손상된 부분을 잘라내고 꿰매는 데 걸린 시간은 이십 분 안쪽이었다.

나유하가 함장한테 얘기해서 닻을 내린 사이.

정말 이십 분도 안 되는 찰나의 시간에 수술을 마무리 지어버린 것이다.

스르르르륵.

다시 배가 움직이기 시작하고.

도수는 여유롭게 환자의 배를 닫았다.

*　　　　*　　　　*

짧지만 쉽지 않았던 수술이 끝난 후.

도수는 보호자를 만났다.

아이 엄마는 애 아버지와 함께 있었다.

"어선에서 치료를 받고 왔습니다."

왼팔이 다쳤는지 붕대를 감고 있었다.

그 시선을 읽었는지, 애 아버지가 말했다.

"아들 녀석을 잡고 있다가 이렇게 됐습니다. 그때 놓치지 말았어야 했는데……."

만약 그랬다면 다치지 않았을 것이다.

그런 후회감이 묻어났다.

도수가 말했다.

"수술은 잘됐습니다."

"하아… 그럼 이제 아무 문제 없는 건가요?"

애 엄마가 안도의 한숨을 내쉬며 물었지만.

도수는 '그렇다'고 답하지 못했다.

"좀 더 지켜봐야 합니다."

"아… 선생님, 분명히 수술이 잘 끝났다고……."

"수술은 잘 끝났지만 출혈이 너무 심했습니다. 때문에 여러 가지 후유증이 나타날 수 있어요."

"후유증이라니……."

"그래도 희망적인 건, 아드님의 회복력이 뛰어나다는 겁니다. 일반인이었다면 버티기 힘든 수술을 견뎌줬어요."

복부를 열었을 때 맞닥뜨린 모습은 투시력을 써서 보던 것보다도 심각했다. 췌장액과 핏물이 장기들과 엉겨 붙어 있었기 때문에 작은 손상 부위나 육안으로 구분하기 힘든 얇은 혈관들이 가닥가닥 끊어진 건 미처 발견하지 못했다.

배를 열고 투시력을 쓴 뒤 수술을 하면서 모두 해결한 것이다.

아이 어머니는 만족하는 대답을 듣지 못했으나, 고개를 숙이며 말했다.

"감사합니다……."

"잠시 이야기 좀 나눌 수 있겠습니까?"

아이 아버지였다.

도수가 고개를 끄덕였다.

"그러시죠."

두 사람은 객실을 나섰다.

복도에 멈추자 아이 아버지가 말했다.

"선생님이 쭉 저희 아들을 맡아서 치료해 주셨으면 합니다."

"……."

곤란한 부탁이었다.

뇌출혈 환자야 그가 먼저 권유했다지만, 아이의 경우 회복기에 접어들었다.

도수의 전문 분야는 수술이지 회생이 아니었던 것이다.

"저는 주로 수술을 하는 써전입니다. 약물 치료를 병행하면서 환자의 회복을 돕는 건 어디서 하시든 큰 차이가 없습니다. 그쪽 분야로는 저보다 뛰어난 선생님들도 많으시고요."

"선생님에 대해 찾아봤습니다."

"네?"

"끝까지 포기하지 않고 환자들을 살리는 의사. 라크리마에서도 목숨 걸고 부상자들을 구하셨던 영웅이시라고요."

"그럴 수밖에 없는 상황이었습니다. 어느 병원에서 근무하는 어떤 선생님이든 아드님을 포기하거나 해가 되는 일을 하진 않을 거예요."

사실이었다.

라크리마에서, 도수에게는 선택권이 없었다.

사람들을 치료할 기술이 있음에도 죽어가는 사람들을 바

라만 보고 있는 건 그의 신념이 용납하지 않았으니까.

눈앞에서 사람이 죽어간다는 것.

그걸 보는 기분이 어떤지 겪어보지 않은 사람이라면 모를 것이다.

도수는 매일 그 같은 광경을 보아왔다.

그리고 장담할 수 있었다.

눈앞에서 남이 죽어가는 걸 봤을 때 누가 시키지 않아도 자진해서 나설 사람이 생각보다 많을 거라는 걸.

그 남이 친구나 동료라면 더더욱 말이다.

하지만 한국에서 쭉 살아왔던 애 아버지의 생각은 조금 달랐다.

"전 병원을 믿지 못합니다. 솔직히 의사 선생님들도 대단하다고 생각하긴 하지만, 그리 신뢰하지 못해요. 제가 옛날에 아플 당시에 의료사고를 경험했기 때문인지도 모릅니다. 이렇게 부탁드립니다. 저희 아이를 받아주세요. 선생님이 너무 바쁘시면 천하대병원에라도 받아주시고 선생님께서 종종 들여다봐 주십시오. 비용이 발생하면 얼마든 지불하겠습니다."

잠시 고민하던 도수가 대답했다.

"그 정도는 해드릴 수 있을 것 같습니다."

"감사합니다."

고개를 숙이는 아이 아버지.

그러나 도수는 알지 못했다.

지금 이 순간의 승낙 한 번이 추후 어떤 결과를 불러올지.

* * *

보호자들을 만나고 나올 때까지 도수를 기다리고 있던 매디 보웬이 말을 걸었다.

"수술 성공률 백 퍼센트."

"……"

도수는 부정하지 않았다.

정말 운이 좋게도 수술까지 가서 환자를 잃어본 적은 아직 없었던 것이다.

물론 어쩔 수 없이 수술도 못 해보고 환자를 보내야 했던 적은 있었지만 말이다.

매디 보웬이 말을 이었다.

"인터뷰를 좀 하고 싶은데."

"시간이 있을지 모르겠습니다."

지금도 환자가 여럿 있었다.

배에서 내리면 더 할 일이 늘어날 터였다.

그 점을 인지한 매디 보웬이 고개를 끄덕였다.

"간단히, 몇 가지만. 짧게 끝낼게. 지금 어때?"

"쉬어야 되는데."

"쉬면서."

도수는 그녀에게 고마운 게 있었다. 부모님에 관한 의문을 한 꺼풀 벗겨준 장본인이었기 때문이다. 해서 그는 더 이상 거부하지 않았다.

"알겠습니다. 도착할 때까지만. 괜찮아요?"

"충분하진 않지만 충분하도록 만들어볼게."

두 사람은 테라스로 가서 바람을 쐤다.

으슬으슬 추울 정도로 세찬 바람이었다.

그에 옷깃을 여민 매디 보웬이 물었다.

"왜 굳이 여기로?"

"정신 좀 차리려고요."

"쉰다는 게 눈 좀 붙이겠다는 거 아니었어?"

"자다 깨면 감각이 무뎌집니다."

아직 몇 명의 환자를 더 봐야 할지.

어떤 환자가 있을지 모르는 상태에서 잠을 잘 수는 없었다.

한숨을 내쉰 매디 보웬이 말했다.

"그러다 네가 먼저 아프겠다."

"아직 괜찮아요."

피곤하긴 했다.

하지만 병원에서처럼 며칠 밤을 수술과 출동으로 지새운 것은 아니다.

힘들기야 지금이 더 힘들었지만 졸음은 그때가 더 심했다.

사람은 적응의 동물이라고 했던가?

하도 못 자고 일만 하다 보니 잠이 준 것도 있고, 불규칙적인 수면 시간에 불면증이 생긴 것도 있고. 하여튼 버틸 만했다.

그런 그의 얼굴을 빤히 응시하던 매디 보웬이 고개를 절레절레 저었다.

"그거, 착각이야."

"뭐가요?"

"괜찮다는 거. 육체를 넘어서 정신력을 갉아먹고 있는 거라고. 체력이 소모되는 걸 지나서 몸이 망가지고 있는 거고. 남이 아픈 곳은 한 번 보면 척척 알아내면서 왜 네 몸이 하는 소리는 못 들어?"

"그럴 수도 있겠네요."

피식 웃으며 태연하게 대답한 도수가 물었다.

"그나저나 시간 많아요? 이제 곧 도착할 텐데."

"인터뷰 안 하면 좀 잘래?"

"말했듯이……."

"휴, 말 뒈지게 안 듣네."

입술을 축인 매디 보웬이 재차 입을 열었다.

"그래, 그럼 본론으로 넘어가자. 이번 일에 미군이 협조를 했다던데."

"미군 더스트오프 팀이 투입됐습니다."

"어떻게?"

미군을 움직이다니.

일개 의사가 가능한 일이 아니었다.

그러나 도수는 간단히 대답했다.

"할리 무어 장군이 얼마 전 주한미군 사령관으로 부임했더군요."

"그분이?"

매디 보웬은 눈을 동그랗게 떴다.

그녀가 놓치고 있었던 부분인 것이다.

"저와 그분의 인연은 누구보다 잘 아실 테니 생략하겠습니다."

"한국 땅에서 우리 모두가 조우하게 될 줄 몰랐는데."

"저 역시."

역시 사람 인연이란.

이 넓은 세상조차 좁게 만드는 기묘한 구석이 있었다.

피식 웃은 매디 보웬이 질문을 이어갔다.

"왜 굳이 더스트오프 팀이 투입된 거야?"

이 부분.

도수가 이 인터뷰에 응한 이유 중 하나였다.

"항공청에서 비행 금지를 시켰습니다."

"안전을 위해서?"

"네. 문제는……."

"문제는?"

"정부에선 지금 이 순간까지도 구조에 나서지 않고 있다는 거죠."

"대응이 늦다는 얘긴데."

"사람들을 구조해야 한다는 목적보다 실패에 대한 두려움이 더 크니까요."

"추가 인명 피해를 우려해서 망설인단 얘기네."

"네."

"그에 대한 네 생각은?"

"물론 구조대나 저희 의료 팀도 개개인 모두 소중한 생명입니다. 하지만 우리가 목숨을 걸고 구조하길 원해도 정부에서 승인을 내주지 않는다는 게 문제죠. 구조 작전에 실패하고 추가 사고만 발생할 경우 여론의 뭇매가 두려우니까."

"난 한국인이 아니야. 타임스 기자한테 이런 얘길 하는 것 자체만으로도 애국심에 문제 제기를 하는 사람들이 있을 텐데."

"솔직히 전 한국에서 오래 살지도 않았고, 우리나라에 대한 특별한 자부심과 애국심을 가지고 살아오지도 않았습니다."

"아무래도… 계속 타국 전쟁터에 있었으니."

"네. 그래도 부모님의 나라라는 것에 일말의 애정은 있습니다. 다만 제 생각과 그렇게 생각하는 사람들의 기준이 다른 거겠죠."

"어떻게 다르다고 생각하지?"

"분명 외국 기자를 통해 우리나라의 치부가 들키면 아플 거라고 생각합니다. 자존심도 상하고요. 하지만 그래야 발전이 있다고 봐요. 지금 저와 함께 일하는 동료인 김광석 교수님께선 아로대 응급외상센터를 운영하면서 여론의 관심을 받았습니다. 정부도 지원을 약속했죠. 하지만 그 지원금이 간 곳은 아로대 응급외상센터가 아니었습니다."

"그럼?"

"중간에서 찢어 먹고 나눠 먹은 거죠."

도수가 담담히 말을 이었다.

"그렇다고 해도 법적인 부분에서 벗어나지만 않는다면 욕할 생각은 없습니다. 자본주의에서 사는 사람들이 남들보다 더 벌고, 더 잘 먹고 잘살길 원하는 건 당연한 거니까요. 하지만……."

"하지만?"

"적어도 치부를 은폐하는 건 아니라고 봅니다. 그런데 그런 것들이 너무 공공연히 자행되고 있어요."

"한 가지 궁금한 게 있는데."

"예."

"너 정도면 한국 여론을 이용해서 알려도 되잖아? 이 같은 실태를."

"아뇨."

도수는 고개를 저었다.

"전 정치인도, 방송인도 아닙니다. 그런 건 그분들이 할 일이고요. 의사인 제가 여론을 이용하면 그 칼이 저한테 돌아올 겁니다."

"아로대병원장을 여론을 이용해서 날려 버린 걸로 알고 있는데?"

"그건 제가 근무하고 있고, 앞으로 근무하게 될 병원의 전반적인 문제가 얽혀 있었어요. 그리고 의사 사회 안에서 저 자신을 지키려면 방법이 없었습니다. 이런 방식을 종종 무기로 삼을 생각은 없어요."

매디 보웬은 늘 화제를 쫓아다니는 기자였다. 도수가 하고 싶은 말이 무엇인지 정도는 눈치챌 수 있었다. 해서 그녀는 더 이상 캐묻지 않고 슬슬 정리했다.

"걱정 마. 왜 더스트오프가 뜬 건지 팩트만 기술할 테니까."

"제가 원하는 것도 그거예요. 이런 부분에서 정부의 늦장 대응. 그리고 몸 사리는 태도는 개선되어야 할 문제입니다."

"나머지는 자세히 실어도 되지?"

"나머지요?"

"정부가 아닌 시민들이 자발적으로 나서서 사람들을 구출했어. 물론 현장 구조대 역할도 컸고. 그들과 의료 팀, 오성그룹, 네가 보여줬던 영웅적인 행동들도 있는 그대로 실을 거야. 그들에 의해서 구출된 사람들도. 어떻게 구출됐는지 자세히 쓸 거고. 주제는 '바다의 의인들'. 어때?"

"좋네요."

도수는 미소 지었다.

육지가 가까워지고 있었다.

오성그룹 선박은 선두에서 안개와 물살을 가르며 어선들을 이끌고 선착장으로 들어섰다.

"이제 다시 바쁘겠네."

매디 보웬의 말에 도수는 고개를 끄덕였다.

"그렇겠죠."

뇌리로 정동진 기자가 떠올랐다.

방금 전에 큰수술을 마쳤는데 아직 쉽지 않은 수술이 남은 것이다.

뿐만 아니라 이 배, 그리고 어선에도 아직 치료받을 환자가 산적해 있었다.

도수가 주머니에 넣어둔 손을 녹이려는 듯 쥐락펴락하며 돌아선 그 순간.

테라스 문을 열고 강미소가 들어왔다. 그녀는 무슨 일인지 난처한 표정을 짓고 있었다.

"저… 센터장님."

"또 무슨 일입니까?"

"그게… 이게 참, 뭐라고 해야 할지."

그녀는 우물쭈물했다.

"뭔데 그래요?"

도수가 다시 묻자.

강미소가 곤혹스러운 미소를 머금고 대답했다.

"오성병원에 배정된 선박 안의 모든 환자들이… 센터장님한
테 치료를 받고 싶다고 청원하고 있어요."

*　　　*　　　*

"환자들이?"

도수는 눈을 동그랗게 떴다.

"왜요?"

선뜻 이해가 가지 않았다.

뇌출혈 환자 정동진과 배 속이 망가진 아이에 대한 건을 아
는 사람은 몇 명 없었기 때문이다.

도수가 고개를 돌리자.

매디 보웬이 어깨를 으쓱이며 고개를 저었다.

"…난 모르는 일이야."

도수는 다시 강미소를 보며 말했다.

"환자들을 진정시켜야 합니다."

이 선박에 탄 환자들은 대부분 수술이 필요한 환자들. 그
들 모두를 혼자 수술하고 치료할 수는 없었다. 손이 열 개라
도 부족한 일이다.

강미소가 고개를 끄덕였다.

"저도 알죠. 그런데 워낙 완강해서."

"오성병원 의료진들은 뭐 하고 있습니까?"

"그 사람들은 어쩔 줄 모르고 있어요."

"강석현 팀장은?"

"그 사람도 마찬가지고요. 무슨 일이 있었는지 넋이 나갔어
요."

도수는 한숨을 내쉬었다.

이 상황을 정리하려면 모든 상황을 통제할 수 있는 인물의
도움이 필요했다.

배나 현장에서 그런 힘을 가진 사람은 단 한 명뿐.

"제가 얘기하죠."

도수는 임옥순을 찾아갔다.

그녀는 처음부터 지금까지 초호화 객실 안에서 이 모든 상
황을 관망하고 있었다.

똑똑.

문을 두드리자 안에서 익숙한 목소리가 들려왔다.

"들어와요."

철컥.

도수는 들어서자마자 알 수 있었다.

임옥순이 자신이 찾아올 걸 미리 알고 있었다는 것을.

그렇지 않았다면 태연하게 소파에 앉아 TV를 보고 있진 않
았을 터였다.

탁자 위, 김이 모락모락 나는 커피 잔도 두 잔이었다.

"앉아요."

그녀의 말에 도수가 자리에 앉았다.

그를 빤히 응시한 임옥순이 물었다.

"활약상은 잘 들었어요. 여긴 무슨 일로?"

"이 배의 많은 환자들이 저한테 치료받길 원한다고 들었습니다."

"저 같아도 그럴 거예요. 수술을 앞둔 환자라면 더더욱. 무슨 수를 써서든 실력이 검증된 의사한테 몸을 맡기고 싶겠죠."

"이대로 두고 보실 생각이신지."

임옥순이 커피를 호로록 마셨다.

"내가 어떤 행동을 취해야 좋을까요."

질문이 아니었다.

도수가 대답하지 않자 임옥순이 말을 이었다.

"환자들은 목숨이 위태롭지 않은 이상 이도수 센터장에게 치료받으려고 할 거예요. 하지만 센터장 몸은 하나고 모두를 케어하진 못하겠죠?"

"그렇습니다."

"반대로 우리 병원 의료 팀은 환자들을 설득하려 들지 않을 거예요. 이미 환자들이 이도수 센터장을 선택했다는 것에 자존심이 상할 대로 상했을 테니. 그래서 내 힘을 빌리러 온 것 같은데… 헛걸음했어요."

"오성병원 의료 팀입니다."

"그래요. 하지만 잘 생각해 봐요. 우리 병원 의료 팀은 자신들에게 치료받길 원치 않는 환자들의 의사를 존중하는 것뿐이죠."

"의사란 사람들이 그깟 자존심 때문에 환자를 방치한다고요?"

"어떻게 생각하든 현실이 그러니 나는 뭐라고 할 권한이 없습니다. 오성병원 의료 팀 모두 근무 외 시간에 봉사를 온 사람들이에요. 그래도 꼭 그들의 도움이 필요하다면 내가 아닌 현장 책임자에게 가봐야 되는 것 아닌가요?"

현장 책임자는 해양 구조대 소속 이민우다. 그는 책임자란 타이틀을 달고는 있지만, 임옥순 말처럼 자원 온 오성병원 의료 팀한테 이래라저래라 할 권한은 없었다.

여기서 문제는 오성병원 의료 팀이 현재 가장 많은 의료진을 보유하고 있다는 것.

빠른 상황 수습을 위해선 그들의 도움이 필요했다.

'정말 임 여사도 권한이 없는 건가?'

잠깐 그런 의문이 들었지만.

답은 바로 나왔다.

'그럴 리 없지.'

임옥순 여사는 이 야밤에도 오성병원과 오성해운 양쪽 인력과 자산을 한 시간 내로 집합시켰을 만큼 막강한 힘을 가진 존재였다.

즉, 여전히 열쇠는 임옥순이 쥐고 있다는 뜻.

그렇게 판단한 도수는 그녀가 전혀 예상치 못한 대답을 내놨다.

"제게 오성병원 의료 팀을 지휘할 권한을 주십시오."

뜻밖의 요청에 흥미가 동한 임옥순이 물었다.

"이거야 원. 나한테 힘써달라는 것도 아니고, 우리 병원 인력을 뜻대로 움직일 힘을 달라고요?"

도수가 고개를 끄덕였다.

"처음에도 그랬지만, 저는 제가 환자들을 치료하든 오성병원에서 치료하든 아무 상관이 없습니다. 제가 원하는 건 환자들을 가장 효율적으로 치료하는 것. 하나예요."

"사람 참 한결같다고 해야 하나……."

말끝을 흐린 임옥순이 눈을 사납게 뜨고 물었다.

"정부의 파견 요청을 받지도 못한 천하대병원 센터장한테 우리 병원 인력을 좌지우지할 권한을 달라? 센터장 뜻은 알겠지만 요구가 지나쳐요."

"못 주신단 말씀은 안 하시네요."

바꿔 말해 요구를 들어줄 수 있다는 뜻이다.

다만, 그녀 말처럼 정부가 초대한 건 인천 내에 위치한 병원과 아로대학병원 인력들까지.

천하대병원에서 도수가 날아온 건 그의 독단적인 판단과 선택이었던 것이다.

이런 상황에 타 병원 의료 팀까지 지휘하게 해달라는 부탁은 터무니없었다.

그러나 도수 역시 환자 치료에 관련해선 물러서지 않았다.

"저는 부탁을 드린 겁니다. 만약 희생자가 생기고 이 사실이 알려지면 모든 책임은 오성병원 책임자에게 돌아가겠죠."

"…다시 말하지만 오성병원에서 나온 의료 팀 책임자는 내가 아니에요."

"여사님이 직접 나오셨으니 모두가 여사님을 책임자로 볼 겁니다."

"협박인가요?"

"걱정입니다."

피식.

입꼬리를 비튼 임옥순이 말했다.

"좋아요, 반대로 얘기해 보죠. 누가 책임자가 되든 책임자가 되는 순간 모든 책임을 떠안게 될 거예요. 희생자가 생기면 이 도수 센터장이 뒤집어쓰겠죠. 아닌가요?"

"맞습니다."

"그런데도 스스로 무덤을 파겠다? 무덤 파는 일을 무슨 부탁까지 해요?"

"저는 그러라고 있는 사람입니다."

임옥순의 눈을 똑바로 마주 본 도수가 말을 이었다.

"저는 칼을 다루는 사람입니다. 살인자와 잡는 각도만 다르지 사람 몸을 가르고 들어가고, 장기를 떼어내고 혈관을 발라내는 건 같습니다. 그로 인해 사람이 죽을 수도, 살 수도 있습니다. 그만한 책임이 두려웠다면 이 일을 하지도 않았겠죠."

거친 표현.

그래서일까?

임옥순은 더 마음에 박혔다.

"정말이지. 대담하기론 센터장이 내가 아는 사람 중 으뜸이에요."

"그래서 주변 사람을 피곤하게 만듭니다. 미리 말씀 드리는데 친해져서 좋을 거 없어요."

가벼운 농담을 던진 거지만.

임옥순은 마냥 농담으로 듣지 않았다.

"하긴, 항상 어려운 부탁만 하고. 그러면서 병원에선 쫓아내고… 센터장 말도 틀린 말은 아니네요."

빙그레 웃은 그녀가 덧붙였다.

"뭐, 어쨌든. 내 평생 죽었다 깨도 손해 보는 장사는 안 하는데 왜 센터장만 만나면 마음이 약해지는지 모르겠어요."

"승낙으로 듣겠습니다."

막무가내다.

임옥순은 이마를 문질렀다.

"음. 부탁으로 듣고 나도 부탁 하나만 하죠."

도수가 고개를 끄덕였다.

"말씀하십시오."

"부상당한 승객 중에 정동진 기자 알죠?"

"이름이나 직업으론 모릅니다."

"센터장이 구한 뇌출혈 환자."

"네."

"그 환자가 진짜 뇌출혈이 맞다고 해도, 오성병원 의료 팀과의 일은 함구해 줬으면 해요."

오성그룹의 명예가 걸린 일이다.

도수가 그 부분에 대해 나불거린다면 오성병원이 곤란해질 터였다.

수십억을 들여 의료 팀을 싣고 대형 선박을 끌고 여기까지 온 보람이 없어지는 것이다.

아니, 안 하느니만 못한 일이 되는 셈이다.

도수가 대답했다.

"원래 어디 가서 얘기할 생각 없었습니다."

그런 것 따위 중요치 않다.

신경 쓸 겨를도 없는 일이었다.

마음이 통했는지 임옥순은 고개를 주억거렸다.

"좋아요. 센터장이 요구한 지휘권, 믿고 넘겨주죠."

"감사합니다. 그럼 전 환자들을 봐야 해서."

목례한 도수가 일어나기 무섭게.

임옥순이 덧붙였다.

"센터장도 두려운 게 있나요?"

그녀를 빤히 응시한 도수가 나유하에게 했던 것과 같은 대답을 했다.

"항상 두렵습니다."

"아깐 안 두렵다면서요? 현장에서 목숨을 걸고도 이 엄청난 사태의 책임자로 몰려서 누명 쓰고 비난받을 수도 있는데 그게 무섭지 않다면서요?"

도수는 대답하는 대신 다리를 걷어붙였다. 언제 다쳤는지 큰 상처가 벌어져 있었다.

임옥순이 화들짝 놀랐다.

"뭐 하는 거예요? 어서 치료 안 받고……."

"이런 상처를 입는 것도, 여사님이 말씀하시는 것처럼 마음의 상처를 받는 일도 두렵지 않아요. 저는 이런 상처에 에이즈나 비형간염 환자의 피를 뒤집어쓰면서 일합니다. 그러면서도 두려움을 느끼지 못하는 건 더 큰 두려움이 있기 때문이에요."

"더 큰 두려움……?"

"환자를 잃을 수 있다는 공포. 그게 저를 미치게 합니다."

"……."

그 한마디에.

임옥순은 기에서 눌리고 말았다.

오성병원 병원장이나 천하대병원 이사장조차 그녀 앞에서 기를 못 펴건만, 한 외과의의 신념에 그처럼 드높은 자존심이 한 번 접힌 것이다.

그녀가 충격을 받은 사이.

가볍게 고개를 숙여 보인 도수는 객실을 나섰다.

밖에는 천하대병원 의료 팀이 기다리고 있었다.

"어떻게 됐어요?"

강미소가 대표로 묻자.

도수가 모두를 돌아보며 말했다.

"이제부터 우린 현장을 책임지고 환자를 분류합니다. 현장에 있는 의료진들은 소속 상관없이 전공 분야별로 나누세요. 그리고 자신 있는 수술 위주로 수술이 필요한 환자를 맡습니다. 레지던트, 인턴들은 나머지 환자들을 케어합니다."

"해냈군."

김광석은 자기도 모르게 어깨가 올라갔다. 그 역시 수많은 현장을 드나들던 응급외상센터의 행동 대장. 이런 경우를 숱하게 경험했지만 매번 절망을 안고 돌아와야 했다. 그가 아무리 다른 데 신경 안 쓰고 뛰어들어 환자를 살리고 싶어도 여러 이해관계에 갇혀 시간 낭비를 하는 동안 환자는 죽어갔다.

이번 역시 오성병원에 맡기기로 한 환자들이 도수에게 치료받길 희망하면서 오성병원과의 알력 다툼이 생길 뻔했다.

그런데 도수는 단번에 해결해 버린 것이다.

그때, 아사다 류타로가 목소리를 냈다.

"하나 궁금한 점이 있습니다."

"말씀하세요."

"전 여기 사람들의 과감성에 얼마나 놀랐는지 모릅니다. 구조대고 시민들이고 의사들이고 할 것 없이 다들 미쳤어요."

좋은 쪽으로 얘기한 걸 알기에, 의료 팀원들은 미소를 지었다.

그러나 아사다 류타로는 걱정이 앞섰다.

"우린 선한 일을 한다고 했지만 달리 말하면 규칙을 깬 겁니다. 무질서한 행동을 한 거고요. 이게 내 스타일이긴 하지만… 걱정하지 않을 수가 없군요. 전 일본인이니 책임을 묻지 않겠지만 이 일을 주도한 책임자들은 처벌을 받을 수도 있지 않겠습니까?"

확실히 공무원인 구조 대장이나 멋대로 수술을 해버린 도수는 재판대에 오를 수도 있겠다는 생각이 들었다.

지금까진 계속 결과가 좋아서 아무도 의식하지 못하고 있었지만, 어떤 징계나 불이익이 돌아올 수도 있는 것이다.

특히 출동을 막았던 사람들이나 반대했던 사람들은 자신의 실책을 숨기기 위해 어떤 모략을 꾸밀지 몰랐다.

다들 예상하지 못했지만 도수는 의외로 거기까지 염두하고 있었다. 다만 움직일 수밖에 없기에 움직였던 것뿐.

그가 말했다.

"처벌은 신경 쓰지 않습니다."

너무 간단한 대답에 아사다 류타로가 눈을 부릅떴다.

"처벌이 아무렇지도 않다고요?"

"그러려면 지금도 처벌받아야 돼요."

도수는 텅 빈 혈액 가방을 툭툭 건드렸다.

"오형 피를 밖으로 가져 나오는 것 자체가 규정 위반입니다. 그것만 해도 문제 삼으면 문제가 되는데 출동도 병원장 허가만 받고 독단적으로 했어요. 그냥 했습니까? 미군까지 동원했죠. 출항하지 말라는데 어선 빌려서 출항하고 다친 사람들 배 위에서 수술하고⋯ 또 뭐 있죠?"

피식 웃은 강미소가 말했다.

"저도 폭행죄로 잡혀가겠는데요? 저 아까 물에서 어떤 남자 끌어낼 때 머리끄덩이 잡아당겨서 머리카락이 한 뭉텅이 뽑혔거든요. 안 그래도 탈모가 심하신 분이셨는데 제가 나머지 머리카락마저⋯ 후, 지금 생각하니 죄송하네."

그녀의 재치 있는 대답에 장내가 웃음바다가 되어버렸다.

처음 의문을 재기했던 아사다 류타로 역시 피식 웃어버릴 수밖에 없었다.

"하긴⋯ 저도 어떤 여자 승무원 치맛자락을 찢었습니다."

그 순간 강미소가 정색했다.

"그건 좀 심했네."

"이건 충분히 문제의 소지가 될 수 있을 것 같군."

김광석도 한마디 거드는 게 아닌가?

평소 고고한 성품인 그까지 나서자 아사다 류타로의 표정이 미묘하게 일그러졌다. 슬슬 걱정이 되기 시작한 것이다.

장난기가 돈 도수가 고개를 끄덕이며 말했다.

"우리나라가 워낙 성범죄에 민감한 나라라서. 정말 그러셨다면 문제가 심각합니다."

"그……"

아사다 류타로는 식은땀을 흘리기 시작했다.

"그, 그게, 정말 어쩔 수 없었습니다. 제가 일부러 찢었겠습니까? 그 여자가 물에서 허우적대고 몸부림치는 바람에……"

피식 웃은 도수가 말했다.

"진짜 성범죄에 민감했으면 좋겠네요."

"……?"

아사다 류타로가 무슨 말인지 못 알아듣고 주위를 두리번거리자.

강미소가 등을 두드렸다.

"괜찮다는 뜻이에요. 뭐하면 한 번 들어갔다 나오면 되죠, 뭐."

김광석이 말했다.

"짓궂긴."

"어라, 교수님 혼자 쏙 빠지시기예요?"

그렇게 상황이 일단락되자.

도수는 웃음기를 거두고 본론으로 돌아왔다.

"자, 빨리빨리 움직입시다."

그렇다.

이제 행동할 때였다.

의료 팀이 의료 물품을 정리하고 오성병원 의료 팀에게 협조 요청을 마쳤을 때쯤, 마침내 모두가 기다리던 방송이 흘러나왔다.

―잠시 후 홀릭호가 선착장에 정박합니다. 승객 여러분께서는……

제2장
현장 정리

　천하대 의료 팀이 육지에 도착했을 땐, 떠나기 전과는 비교할 수 없이 많은 취재진들이 몰려들어 있었다.

　취재진들은 아직 환자티를 못 벗은 부상자들에게 다가가서 인터뷰를 하고 사진을 찍었다.

　도수는 그들을 개의치 않고 오성병원 의료 팀 팀장인 강석현과 다시 마주했다.

　"…부회장님께 얘긴 전해 들었습니다."

　강석현이 먼저 운을 떼자.

　도수가 말했다.

　"우선 환자들에게 현재 상황을 설명하고 설득해 주세요."

"알겠습니다."

그는 다시 존대를 하고 있었다.

앞길이 달렸는데, 그깟 자존심이 문제겠는가?

'이번 일을 무사히 해결하고 센터장이 잘 얘기해 준다면……'

어쩌면.

임옥순의 마음이 풀릴지도 모른다고 생각했다.

속내에는 관심도 없는 도수가 고개를 끄덕였다.

"그럼 바로 움직이죠. 응급수술이 필요한 환자는 저희쪽에서 따로 분류해서 말씀해 드리겠습니다."

"예. 그렇게 하시죠."

강석현의 대답을 들은 도수는 현장을 책임지고 있는 이민우와 다른 의료 팀 팀장들을 만나 빠른 환자 치료에 필요한 프로토콜을 이야기해 주었다.

그들이 뿔뿔이 흩어지고.

동이 틀 때쯤엔 현장에 설치된 막사 곳곳에서 환자 치료가 시작됐다.

공교롭게도 시기에 맞게 눈이 그치고 안개가 걷혔다. 뿐만 아니라 세차게 불던 바람과 물살도 어느새 잦아들고 있었다.

얄밉기 그지없는 날씨였다.

*   *   *

현장의 의사들이 저마다 환자 치료에 뛰어든 사이.

정동진 기자를 비롯해 지속적인 안정과 케어가 필요한 환자들을 미군 헬리콥터에 태워 천하대로 보낸 도수는 현장에 남아 막사 하나를 잡고 간단한 응급수술들을 진행했다.

그는 마치 손님을 받듯 환자를 받았다.

그리고 기계처럼 수술했다.

끝없는 환자가 줄지어 들이닥쳤고, 도수는 그때마다 최대한 투시력을 아꼈다.

대부분이 외상 환자들이었기에 라크리마에서 수년 동안 반복하며 몸에 아로새긴 동작을 반사적으로 행할 수 있었던 것이다.

그렇다고 해도 무리는 무리.

땀이 흘렀다.

한 줌 남은 체력이 터진 수도관처럼 빠져나가려 했다.

'될 때까지.'

슥, 스윽.

도수는 손을 놀렸다.

'할 수 있는 데까진……'

시야가 흐려졌다.

눈이 감겼다.

몸은 물먹은 솜처럼 무거웠다.

그렇더라도.

도수는 한 명의 환자라도 더 받았다.

그러기를 한참.

시간이 얼마나 지났을까?

아니, 몇 명의 환자를 봤는지조차 선명하지 않았다.

그때 한계가 왔다.

덜덜덜.

손이 떨리고 있었다.

어젯밤의 자욱한 안개가 눈으로 옮겨온 것처럼 시야가 어두웠다.

툭.

메스를 내려놓은 도수가 맞은편에 서 있는 강미소를 바라봤다.

"좀 쉬어야겠습니다."

그녀 역시 장갑과 수술복에 피를 묻히고 있었다. 하지만 안색은 좀 나은 편이다.

"그러세요. 너무 무리하셨어요."

도수는 고개를 끄덕였다.

"마무리 부탁해요."

"걱정 마세요. 봉합만 하면 되는데요."

강미소가 생긋 웃었다.

그녀의 미소를 보고 나서야 도수는 조금 마음을 놓은 채로 막사를 벗어났다.

수술방으로 개조한 막사다.

겹겹이 가림막이 쳐져 있었다.

가림막을 걷어내자 햇살이 눈을 찔렀다.

"맑다."

도수는 하늘을 올려다보며 중얼거렸다.

구름 한 점 없이 맑은 날씨였다.

절망 끝에 새로운 희망이 찾아오듯, 절망적인 밤이 지나자 화창한 아침이 열린 것이다.

하나 그에게 주어진 휴식은 그리 길지 않았다.

"이도수 센터장님?"

기자들이 포토 라인 밖에서 도수를 찾고 있었다.

그들을 저지하고 있는 것은 안타깝게도 구조대원들이었다.

'저기 있을 사람들이 아닌데.'

소중한 인력이 쓸데없는 일에 동원되고 있었다.

바로 그때.

누군가 포토 라인을 넘었다.

기자들도 발을 들이지 못하는 곳에 발을 들인 주인공은 도수도 아는 얼굴이었다.

TV에서 본 적이 있기 때문이다.

"이도수 선생."

덥석.

그가 대뜸 손부터 잡았다.

그리고 포토 라인 밖을 향해 환한 미소를 지었다.

그 순간.

찰칵, 찰칵.

플래시가 터졌다.

기자들이 정신없이 찍고 있는 이 사람은 한 정당의 국회의원이었다.

내년에는 대선후보로 참가한다고 했는데 어느 당의 누구인지까진 알 수 없었다.

도수는 세상사에 눈을 돌릴 시간도 없는 까닭이다.

지금 이 상황이 피곤한 도수가 아무 말도 않자 남자가 다시 말을 시켰다.

"선생의 위업은 누차 들었습니다. 대단한 일을 해내셨어요. 선생 같은 분들 덕분에 우리 국민들이 안전하게 지낼 수 있는 겁니다. 하하하하!"

"……"

도수는 미간을 찌푸렸다.

분명 눈앞의 남자에게는 현 상황이 해피 엔딩일 것이다.

아니, 실제로도 사고 규모에 비하면 결과도 기적적이었다.

그렇다고 해도 그 사고 현장에 있었던 도수는 웃을 수 없었다.

"…할 말은 많지만 지금은 때가 아닌 것 같으니 전 가보겠습니다."

도수가 몸을 빼려 하자.

남자가 잡은 손에 힘을 주었다.

"뭐 하십니까?"

"이렇게 가시면 어떡합니까? 국민들은 알 권리가 있습니다. 여기 기자님들도 현재 상황이 어떻게 돌아가고 있는지 궁금할 겁니다. 우리 이도수 선생이 그 부분에 대해 설명 좀 해줬으면 하는데."

도수는 한숨을 내쉬었다.

"들어서 유쾌하실 것 같진 않은데요."

"상황이 상황인데 어떻게 유쾌할 수 있겠습니까? 그래도 얘기 좀 해주시죠."

남자가 도수를 집요하게 물고 늘어질수록 쓸 게 늘어나는 기자들은 화색을 띠었다.

"좋습니다."

도수가 말했다.

"그럼 지금 상황을 말씀드리죠. 사공이 많으면 배가 산으로 간다는 속담을 들어보셨습니까?"

"물론입니다."

"지금이 딱 그 꼴입니다. 지금 상황에선 환자 치료가 우선이 되어야 해요. 꼭 몸이 다친 환자만이 아니라 대부분 승객과 승무원들이 적지 않은 정신적 충격을 받은 상태입니다. 지금 여기 계신 여러분."

도수는 기자들이 들고 있는 카메라를 똑바로 직시했다. 기자들의 시선이 쏟아지자 그가 다시 입을 열었다.

"스스로 이 현장에 필요한지 생각해 보시기 바랍니다. 딱 필요한 인력만 남아야 사고 수습이 빠릅니다. 이번 사건에 대해 조명하는 건 그다음 해야 할 일이에요. 위험에 처한 사람들을 모두 구출한 지금 중요한 것은 국민들의 궁금증보단 승객과 승무원들의 안정입니다."

도수는 다른 한 손으로 남자의 손을 잡고 해제시켰다.

"윽."

예상을 한참 벗어나는 악력에 소스라치게 놀란 남자가 떨어지자.

도수가 나직이 말했다.

"그래도 정 도움이 되고 싶으시면 입고 계신 정장부터 벗고 도와주시죠. 아직 현장에는 궂은일이 널렸습니다."

남자도, 기자들도.

얼굴이 빨갛게 익었다.

누군가는 수치심에, 누군가는 부끄러움에 빠진 것이다.

그런 그들에게서 시선을 뗀 도수는 눈길도 주지 않고 쉴 만한 막사로 향했다.

*　　　*　　　*

'홀릭'호 침몰 사고는 어제 새벽부터 오늘 아침까지 반나절 내내 검색창을 뜨겁게 달구고 있었다.

모든 방송사는 긴급 속보를 내보내며 이 사고에 초점을 맞췄고, 국내뿐 아니라 세계 각지의 언론사들까지도 이번 사고를 내보낼 정도였다.

당연히 SNS나 각종 동영상 플랫폼들도 모두 홀릭호 침몰 사고에 관한 정보들로 도배됐는데, 주로 이를 통해 해외 기사들이 퍼져 나갔다.

그중에는 생생한 현장을 담은 동영상이 있었다.

바로 매디 보웬의 기사에서 가져온 영상이다.

영상을 본 국민들의 반응은 폭발적이었다.

이상철(low***)

—진짜 멋진 분들.

박은주(yyyyj***)

—세상 아직 살 만하네요. 기적을 만들어낸 분들··· 감사합니다.

오태종(teajong***)

—정부는 이분들한테 적합한 보상을 해라! 홀릭호 사고 당하

신 분들 힘내세요. 응원합니다!

이경태(James I***)

—구조대원인지 의사인지 모르겠다. 자신들이 엘리트 집단이면서도 현장 일선에서 뛰시는 분들. 존경합니다.

이구용(kind***)

—이런 분들 덕분에 이 나라가 여기까지 왔습니다. 감사합니다.

백승찬(bac***)

—독립투사분들 생각난다. 이순신 장군도… 의료 팀장 이도수 센터장님 감사합니다.

오종석(ROB***)

—이도수 센터장님 사랑합니다. 구조대원분들, 의사분들 너무 수고하셨습니다.

민하경(Mi***)

—이도수 센터장님 아로대병원 레지던트실 때 치료받은 적 있습니다! 센터장님을 보고 간호사의 꿈을 꾸고 있습니다. 간호사가 돼서 찾아뵐게요.

한상원(HAR***)

—이분들이 목숨을 걸고 승객 승무원분들을 다 구조할 때까지 정부는 뭘 했나. 정부는 이분들께 고개 숙여 감사해야 한다. 이런 분들이 있어서 국민들이 든든합니다. 감사합니다.

…….

그 뒤로, 영상 하나가 더 게재됐다.

최초 보도는 TV 방송사였다.

도수가 국회의원과 기자들 앞에서 일침을 날리는 장면이 담겨 있었다.

이 행동 역시 연쇄 폭발을 일으키듯 국민들에게 적극적인 지지를 받았다.

네티즌들은 '진짜 영웅', '얼굴 핼쑥하신 것 좀 봐', '맞는 말이다 정부와 기레기들은 각성하라', '틀린 말 하나 없다', '완전 사이다 속이 뻥 뚫린다'는 등 어마어마한 응원 글들을 남겼다.

모두 도수가 잠시 눈을 붙인 사이 벌어진 일이었다.

현장 상황이 전파를 타자 그 결과는 현장 내외적으로 어마어마한 파장을 몰고 왔다.

번쩍.

눈을 뜬 도수는, 정신을 차리자마자 몸을 벌떡 일으켰다.

그 순간.

턱.

어깨를 잡아 눕히며 강미소가 말했다.

"괜찮아요. 병원에서 치료가 필요한 환자들은 전부 이송했고, 부상 없는 환자들은 귀가 조치 했어요. 센터장님은 병원행인 것 같지만."

도수는 그녀의 눈길을 좇았다.

다리, 팔꿈치에 붕대가 감겨 있었다.

"다행히 뼈는 멀쩡하더라고요."

"휴."

안도의 한숨을 뱉은 도수가 물었다.

"다른 문제는 없었어요?"

"그럼요. 김 교수님도 현장에 계시고, 그 정도는 저희끼리도 조치할 수 있어요. 센터장님은 센터장님이 하실 일을 완벽하게 하셨으니까 좀 쉬셔도 돼요."

"다행입니다."

도수는 그제야 마음 놓고 편히 누웠다.

그 전까지 상체를 경직시킨 채 들고 있었던 것이다.

고개를 절레절레 저은 강미소가 말했다.

"센터장님 깨어나시는 대로 저희도 복귀하기로 했어요. 저희가 타고 온 미군 헬기가 대기 중이에요."

"제가 얼마나 잤길래?"

"한 네 시간 정도요."

대답한 강미소가 얼른 덧붙였다.

"그동안 못 자신 것에 비하면 별로 안 주무신 거죠."

도수가 피식 웃었다.

"많이 잔 겁니다."

"뭐… 센터장님 평균 수면 시간에 비해선."

"제가 수술한 애는 어떻게 됐습니까?"

복부가 뭉그러진 채 수술받았던 아이를 말함이다.

눈치 빠르게 알아들은 강미소가 대답했다.

"의식은 깼어요. 아직 식사는 못 하는 상태고. 가까운 병원으로 옮겼으니 마음 놓으셔도 될 거예요."

"그렇군요."

"그나저나."

강미소가 말을 이었다.

"센터장님 웬만한 연예인보다 더 유명해지셨어요."

도수의 표정에는 별다른 감흥이 느껴지지 않았다. 매디 보웬이 취재를 하고 인터뷰를 했을 때부터 어느 정도 예측하고 있었기 때문이다.

그때, 강미소가 말했다.

"그래서 천하의료재단에 적지 않은 후원금이 들어왔다고 해요. 안 그래도 적자만 내서서 이사장님 통장에 잔고가 별로 없다는 둥, 대출받으셨다는 둥 말도 안 되는 소문이 돌았었는데 잘됐죠."

"네 시간 사이에 있었던 일이라고 하기에는 너무 큰일인데
요."

"기사 나간 지는 좀 됐으니까요."

빙그레 웃은 강미소가 어깨를 으쓱였다.

"그리고 또 뭐 있지?"

끝이 아니라니.

고민하던 그녀가 말을 이었다.

"참! 그리고 이사장님이 찾으셨어요."

도수는 고개를 끄덕였다.

"전화 한 통 드릴게요."

"네, 그리고 기왕이면 병원 들어가시는 대로 바로 이사장실
로 가주세요. 이사장님이 센터장님 복귀하시면 환자 보느라
정신없을 거라고, 저한테 꼭 이사장실부터 들렀다 일 보게 해
달라고 신신당부하셨어요."

그러나.

도수는 이번엔 거부했다.

"안 됩니다. 병원 들어가는 대로 뇌출혈 환자부터 살펴봐야
돼요. 그다음에 찾아뵙기로 하죠."

"저는 어떡하라고요?"

"제가 얘기하죠."

"상대는 이사장님이라고요."

"알아요."

"센터장님이야 편하실지 몰라도 저한테는 하늘 같은 이사장님이라니까요?"

"언제부터 그런 데 신경 썼어요?"

"전 원래 썼거든요?"

강미소가 눈을 흘기자.

피식 웃은 도수가 대답했다.

"그럼 앞으로 쓰지 마세요."

그는 조심스럽게 몸을 일으켰다.

강미소가 곁에서 부축했다.

"아고고, 머리에 든 게 많으셔서 그런가. 엄청 무겁네!"

엄살을 떠는 그녀.

다시 한번 웃은 도수는 천막을 나섰다.

이제, 지옥 같은 밤이 지나고.

마침내 돌아갈 때였다.

제3장

복귀

타타타타타타타타!

헬리콥터가 내려앉았다.

도수와 의료 팀 멤버들은 가방을 하나씩 메고 내렸다. 현장에 투입할 때보다 훨씬 가벼워져 있었다.

"왔다."

"하, 피곤해."

혼잣말을 내뱉던 팀원들은 서로의 얼굴을 보고 웃음을 터뜨렸다.

"풉!"

"꼴이 왜 그래요?"

"그런 건 거울 보고 물어봅시다."

"하하하하!"

함께 죽을 고비를 넘겨서일까?

그들은 병원을 떠나기 전과는 또 다르게 친분 이상의 어떤 전우애를 느끼고 있었다.

뿐만 아니라 현장에서도 승객과 승무원 전원을 살려서 보낼 수 있었기에 그들이 느끼는 보람과 자부심은 남달랐다.

그 모든 감정들을 공유하고 있는 것이다.

도수는 눈치로 팀워크가 한층 단단해졌다는 것을 체감했다.

'다행이야.'

그가 애초에 아로대학병원에서 번거로운 과정을 거쳐 몇몇을 데려온 데에는 이유가 있었다.

의사는 한 사람, 한 사람이 고급 인력이다.

한 명의 의사가 탄생하는 데에 드는 자본과 시간과 노력은 상상을 초월한다.

그렇기에 그들은 특별한 자부심을 안고 살아간다.

문제는 이 자부심이 자존심과 연결되는데, 자존심의 방향이 개개인마다 다르다는 점이다.

도수가 한국에서 병원 생활을 하며 느낀 건 자신들과 다른 방식으로 의사가 된 그를 대부분 배척한다는 것이었다.

오직 이삼십 퍼센트만 인정을 한다.

여기서 응급외상센터를 견뎌낼 수 있는 인력은?

그야말로 손에 꼽을 정도였다.

응급외상센터는 전공 분야 특성상 끔찍하거나 더러운 꼴을 많이 보는 분야다.

그렇다고 보상이 큰가?

아니다.

어마어마한 스트레스에 시달리면서도 정작 월급은 박봉에 외딴섬과 같은 분야라서 위로 올라갈 곳도 없다.

남들이 학을 떼도 할 말이 없는 것이다.

하지만 누군가는 해야 하는 일.

누군가는 구해야 할 환자다.

그 역할을 자진해서 지원하고 해내는 이들.

그곳에서 무엇보다 큰 보람을 찾고 목숨 걸고 환자를 살리는 이들은 정말 흔치 않은 사람들이었다.

그렇기에, 도수에게는 이들이 정말 소중했다.

'난 중심을 잃으면 안 돼.'

그런 부담이 드는 것도 무리가 아니었다.

안 그래도 이직률, 퇴직률이 가장 높은 과에서 중심을 잡아주는 수장이 흔들리는 순간 이들은 무너질 것이다.

그냥 무너지는 게 아니라 낙동강 오리알이 될 터였다.

그래서 지켜야 했다.

환자만 지키는 게 아니라 팀원들을 지켜야 했다.

'이들을 지켜야 환자도 지킬 수 있다.'

도수는 그렇게 확신했다.

아무리 수술 실력이 뛰어난 써전도 혼자서 모든 수술을 해 낼 수는 없다. 수술이 커지면 커질수록 손을 거들 든든한 팀 원들이 필요했다.

그뿐인가?

아무리 뛰어난 의사라고 해도 매일같이 몰려드는 환자들을 혼자서 감당하는 것은 불가능했다.

이들이 있기에 도수가 있는 것이다.

도수는 그 점을 잊지 않았다.

"다들 수고하셨습니다."

"고생하셨습니다!"

팀원들이 밝게 답했다.

그래, 이런 희열.

이 짜릿한 순간들 때문에 이 일을 그만둘 수가 없다.

모두가 그리 생각할 것이다.

그리고 또 한 가지.

굳이 이 분야에 몸담고 있는 이유가 있었다.

"쉴 사람은 쉬세요. 전 병동에 다녀오겠습니다."

도수가 짐을 풀자마자 말했지만.

누구도 퇴근 준비를 하는 사람은 없었다.

"저도 병동에 가봐야 해요."

강미소가 일어났다.

다른 의료진들도 몸을 일으켰다.

도수에게는 도수의 환자가 있듯이.

그들에게도 그들이 맡고 있는 환자가 있었다.

바로 이 점이 다른 분과와 다른 부분이었다.

마치 개개인이 사업을 하듯 자신이 맡은 환자를 처음부터 끝까지 케어해야 한다는 것. 세부 분과로 나눠서 부위별로 환자를 진료하지 않는다는 게 달랐다.

책임감이 다른 것이다.

도수는 그 같은 책임감을 띤 팀원들과 함께 병동으로 올라갔다.

회진 시간이 아닌데도 마치 회진의 한 장면 같았다.

그들과 복도에서 뿔뿔이 흩어진 도수는 뇌출혈 환자인 정동진 기자가 있는 곳부터 들렀다.

"안녕하세요."

인사하는 도수를 본 정동진이 밝게 웃었다.

"기사 봤습니다. 선생님의 노고가 알려졌더군요."

"그렇다고 하더라고요."

"아직 안 보셨습니까?"

"바빠서."

"하하하하… 아무리 바쁘셔도 좀 즐기실 필요가 있습니다."

그게 즐길 일인가?

도수는 선뜻 그렇다고 대답할 수 없었다.

유명세라는 건 양날의 칼이기 때문이다.

가벼운 미소를 띠며 머릿속에서 생각을 지운 그가 물었다.

"좀 어떠십니까?"

"머리가 많이 아픕니다. 특히 밤에."

정동진의 표정이 살짝 굳었다.

당연한 증상이기에 도수가 되물었다.

"그 외에는요?"

"특별한 증상은 못 느끼겠습니다."

고개를 끄덕인 도수는 투시력을 발휘했다.

샤아아아아아아아.

아직 머리가 어질어질했다.

네 시간 푹 잤는데도 회복이 안 된 듯하다.

도수는 내색하지 않고 본 대로 말했다.

"곧 수술 잡아야겠습니다."

"알겠습니다. 선생님만 믿습니다."

"가족분들은요?"

"거리가 좀 있어서. 지금 이리로 오고 있습니다."

"알겠습니다. 그럼 편히 쉬십시오."

도수가 목례하자.

눈을 동그랗게 뜬 정동진이 물었다.

"검사는 안 하나요?"

"원하시면 해드릴 수는 있습니다."

"원하면요?"

"네."

도수는 구차하게 설명을 더하지 않았다. 빤히 환자 상태를 들여다봤으면서 검사를 하는 것은 괜히 환자의 가계에 부담만 주는 일이다.

물론 확인 차원의 검사는 나쁠 게 없지만.

정동진의 머릿속은 이미 여러 번 들여다보면서 변화까지 꼼꼼히 체크한 상태였다.

다행히 정동진은 의사가 아닌 기자.

그는 자세히 캐묻지 않고 수긍했다.

"알겠습니다. 선생님이 알아서 잘해주시겠죠. 아, 그리고."

"예."

"제가 받는 수술을 대외적으로 공개할까 합니다."

도수가 눈을 크게 뜨자.

정동진이 사람 좋은 미소를 보이며 말했다.

"선생님의 실력을 의심해서가 아닙니다. 오히려 그 반대입니다. 저는 언론인으로서 저와 같은 환자들이 선생님의 존재를 알고, 찾아올 수 있는 기회를 가져야 한다고 생각합니다."

언론인으로서.

자신이 아픈 상황에서도, 직업윤리가 참 투철한 사람이다.

물론 생각하기에 따라선 이번 수술에 심혈을 기울여 달라는 무언의 압력 행사 같을 수도 있지만 도수는 그렇게 생각하지 않았다.

현장에서 사람들을 구출하다 다친 사람이다.

아무리 의사가 모든 환자들을 같은 높이에 놓고 바라본다해도 그의 인간성만은 인정하지 않을 수 없었다.

그래서.

도수는 승낙했다.

"알겠습니다."

"다행입니다."

"뭐가요?"

"의도적으로 언론인의 특권을 이용하려던 건 아니지만, 그래도 수술 결과를 자신하시는 것 같아서요."

"그렇진 않습니다."

"그런가요?"

잠시 고민하던 도수가 대답했다.

"성공률이 낮다는 얘긴 아닙니다. 그저 저는 한 인간이고, 신이 아니기 때문에 끝없이 의심해야 한다는 거죠. 사람 몸은 기계처럼 고장 나면 고치면 되고 부서지면 버리면 되는 게 아니니까요."

찌르르.

정동진은 진심을 느꼈다.

진정성이 가슴을 파고들었던 것이다.

"대한민국의 모든 의사 선생님들이 선생님 같았으면 좋겠습니다."

"그런 분들 많습니다."

"하하, 물론 그렇겠죠. 아무튼 모쪼록 잘 치료해 주십시오."

"최선을 다하겠습니다."

다시 목례를 한 도수는 병실을 빠져나왔다. 다음 그가 걸음 한 곳은 심장 수술을 받았던 CIA 요원 엄승진이 머무는 병실이었다.

도수가 그의 앞에 서자, 곁에 따라온 간호사 이하연이 환자 보고를 했다.

물론 도수는 가만히 들으면서 직접 눈으로 확인했다.

샤아아아아아아.

상태는 이하연의 말대로 호전되고 있었다.

'…정말 다시 악화될까?'

믿을 수 없었다.

평생 운동을 해서 그런지 회복력이 굉장히 빨랐다. 이만한 회복력이면 더 나빠질 일이 없는 게 정상이다.

그러나 분명 수술 전 엄승진의 심장을 봤을 땐, 심장이 크게 부었다가 녹아내린 흔적이 보였다.

문제는 '왜'인가.

한데 여기에 대한 정답을 찾을 수가 없다.

'이대로는 퇴원시킬 수 없다.'

찜찜했다.

문제가 있다면 문제의 원인을 찾아야 완치를 기대할 수 있기 때문이다.

물론 환자가 겪는 모든 변화에 대한 해답이 존재하는 것은 아니었지만, 밝힐 수 있다면 반드시 밝혀야 한다. 그걸 밝히지 못하는 이상 '완치'라고 말하는 건 거짓이었다.

해서 도수는 천천히 접근했다.

"환자분 덕분에 미군의 도움을 받을 수 있었습니다."

엄승진이 고개를 저었다.

"그게 어떻게 제 덕분이겠습니까? 센터장님 인맥이 대단하셔서 그런 거죠."

씨익 웃는 그.

말하는 거나 표정만 봐도 밝고 힘찼다.

그런데 도수의 직감은 자꾸 앞으로 환자에게 심각한 일이 일어날 거라고 경고하고 있었다.

충분히 묘한 감정이 들 만한 상황이지만, 별다른 내색 없이 미소로 화답한 도수가 물었다.

"궁금한 게 있습니다."

"말씀하세요."

엄승진이 기다리자 도수가 조심스레 용건을 꺼냈다.

"말씀해 주신 약물 외에 다른 약을 복용하신 적이 있습니까?"

"음… 뭘 말씀하시는지 모르겠습니다. 제가 지금껏 먹은 약들을 제가 모두 알 수는 없잖아요?"

난처하게 웃은 엄승진이 말을 이었다.

"감기약만 해도 종류가 여러 가지고. 알러지 약만 해도 또 여러 가지고. 이것저것 많이 복용했습니다."

이런 식으론 조사가 어려웠다.

그래서 도수는 질문을 바꾸었다.

"질문 범위를 좁혀볼게요. 심장과 관련된 약이나 통증에 관련된 약을 드신 적이 있습니까?"

"병원에서 처방해 주는 약도 포함되는 건가요?"

"그렇습니다."

"……."

잠시 생각에 잠겼던 엄승진이 대답했다.

"없습니다."

뭔가 이상했다.

어디까지나 직감에 의지한 판단이지만.

"정말입니까?"

"네, 없습니다."

"알겠습니다."

몸을 돌려 나가기 전, 도수가 덧붙였다.

"혹시 생각나시면 말씀해 주세요."

"……."

"환자분 생존에 중요한 부분입니다."

"…수술은 잘됐다고 들었는데요. 지금도 이렇게 활기차고."

"십여 년 전 미국에서 심장 수술을 받으셨을 때도 그랬겠죠."

"……."

"물론 아버지의 수술이 실패한 걸 수도 있습니다. 하지만 부어오른 심장 조직을 잘라내는 수술에 그런 후유증이 동반되진 않아요. 절제와 봉합한 것만으론 장기간에 걸쳐 심장이 녹아내릴 수 없습니다."

"생각나면 말씀드리죠."

"예. 그럼."

도수는 후련치 않은 기분으로 병실을 나섰다.

그 외에도 몇 명의 환자를 더 확인한 그는 이사장실로 걸음을 옮겼다.

똑똑.

문을 두드리자.

이사장의 목소리가 들려왔다.

"들어와라."

도수는 문을 열고 들어갔다.

이사장이 기다리고 있었다.

"네 덕분에 내 업무가 두 배는 늘었다."

핀잔주듯 말한 것과는 달리 만면에 미소를 띠고 있었다.

도수가 대답했다.

"그런데 전 왜 찾으신 건지."

"…업무가 늘었다는데 관심도 없구나."

피식 웃으며 한숨을 뱉은 이사장이 화제를 돌렸다.

"음, 오자마자 또 바쁜 것 같으니 최대한 간단히 얘기하마. 네가 이번 사고에서 보여준 활약 때문에 온갖 데서 다 연락이 오고 있다. 단순히 언론사들의 인터뷰 요청이나 응원 전화만이 아니야. 환자들 예약 전화에 병원 전체가 마비다."

"본의 아니게 폐를 끼친 것 같군요."

"무슨 그런 말을. 네 영웅적인 행동은 누구한테도 폐가 될 수 없다. 나도 국민의 한 사람으로서 네게 감사한다. 네 덕분에 받은 후원금에 대해서도 이사장으로서 감사하고. 할아버지로선, 네가 이렇게 훌륭한 의사로 자라준 것에 감사한다."

다른 말이 아니라.

'할아버지로서' 한마디에.

괜스레 찡했다.

전에는 없던 변화에 도수는 스스로 당황하고 약해지려는 마음을 다잡았다.

"…그렇게 생각해 주셔서 감사합니다."

"그래."

고개를 주억거린 이사장이 말을 이었다.

"그래서 말인데, 급한 수술만 끝내고 지난번에 얘기했던 일본 연수를 추진할까 한다."

미리 얘기가 있었던 부분이다.

다만 굳이 연수를 앞당기는 이유가 궁금했다.

"단순히 환자가 밀려서 연수를 앞당긴 건 아니실 것 같은데요."

"정확히 봤다. 서해에서 있었던 사고. 안개와 강풍이 일차적인 원인이었고, 다른 배를 피하려다 암초에 걸린 게 이차적인 원인이었지."

"그렇습니다."

"그 날씨의 영향을 받은 건 우리나라뿐만이 아니다."

"설마……."

"그래. 일본의 피해는 훨씬 더 심각하다. 이번에도 쓰나미에 당했어."

일본에는 몇 년에 한 번씩 일어날 정도로 끔찍하게 반복되는 재난.

이사장이 말을 이었다

"한데 이번 건 좀 크다. 안 그래도 마침 아사다 선생이 와 있으니, 연수를 앞당겨서 같이 갔으면 한다."

"이 건에 대해 자세히 들을 수 있을까요?"

어떻게 된 내막인지 묻는 것이다.

그에 이사장이 숨김없이 대답해 주었다.

"물론. 일단 동일본대학병원에서 향후 우리 병원과의 협력

관계를 걸고 지원 인력을 보내줄 것을 요청했다. 아사다 류타로의 복귀도 함께. 그도 사고가 있었던 국내 현장에 나가서 활약을 해줬으니 이번엔 연수가 잡혀 있던 네가 가는 편이 적절한 것 같아서 얘기하는 거다."

"그렇군요."

도수는 나쁜 제안이 아니란 판단이 들었다. 어차피 갈 연수고, 세계 최고라는 일본의 재난 대응 프로토콜을 제대로 배울 수 있는 기회였다. 그리고 재난 시 응급의료 인력이 어떻게 움직이는지도.

고개를 끄덕인 도수가 말했다.

"가겠습니다."

그러고는 덧붙였다.

"단, 제가 지금 담당하고 있는 환자들 수술을 끝낸 후에 함께 갈 팀을 꾸리겠습니다."

"물론이다."

이사장이 빙긋 웃었다.

"그쪽도 쓰나미는 다 지나가서 별문제는 없을 거야. 문제라면 재난 후 필연적으로 따라붙는 질병과 환자들을 잘 커버할 수 있을지 그게 문제겠지. 하지만 그래도… 조심하거라. 이번 사고와 대응해 인력을 파견하는 데에는 나 역시 동의했지만 네가 어떻게 될까 봐 조마조마해서 잠도 못 잤으니."

"조심할게요."

도수는 차분하게 대답했다.

일본.

어느 정도 예측하고 있던 경로였다.

제4장

여난(女亂)

번쩍.

눈을 뜬 도수는 연구실에 있는 간이침대에서 일어나 트레이닝복을 입고 병원을 나섰다.

"후……."

새하얀 입김이 퍼져 나갔다.

분명 잠이 든 건 아직 어두운 새벽이었는데, 해가 뜨기도 전 파란 새벽하늘을 보며 일어났다.

어쩔 도리가 없었다.

찾는 환자가 뜸한 시간.

다시 말해 지금 이 시간만이 도수의 유일한 개인 시간이었던 것이다.

'아직도 체력이 한참 달린다.'

현재 투시력은 하루에 두세 건의 큰수술을 할 정도. 환자 상태나 수술 과정에 따라 편차가 있긴 했지만 평균적으로 그 정도 수술을 하고 나면 체력이 바닥이 된다.

그나마 다행인 점은 '진단' 목적의 투시력은 횟수 제한이 사실상 사라졌다는 것이다.

그렇다 해도 이번 홀릭호 침몰 사고 같은 사건이 또 일어나지 말라는 보장이 없으니, 꾸준히 체력을 늘리는 활동이 필요했다.

당연한 얘기지만 운동을 장기간 쉬게 되면 체력이 떨어지고, 투시력의 사용 횟수나 시간도 줄어들 수밖에 없었다.

'잠을 줄이는 수밖에.'

결국 결론은 이것이다.

한 명의 환자라도 더 받고 싶으면 억지로 짬을 내서라도 운동을 하는 방법밖에 없다.

휘이이이이.

세찬 바람에 몸이 으슬으슬하게 떨려왔다.

일견 춥고 배고프고 졸린 거지꼴이지만 다른 방향으로 생각하면 정신을 일깨워 주는 날씨기도 했다.

아침부터 축축 처지는 여름에 비하면 겨울이 차라리 나았다.

"가자."

짝!

뺨을 소리 나게 때린 도수는 달리기 시작했다.

타타탓!

체력을 키우려는 목적이기 때문에 처음부터 속력을 냈다.

"후우, 후."

숨을 고르며 뛰는 도수.

틈날 때마다 항상 이런 식으로 체력을 키웠기 때문에 이젠 숨 쉬는 것도 여느 육상선수 못지않았다.

드넓은 천하대병원 부지를 한 바퀴 돌 무렵.

반대편에서 한 사람이 뛰어오고 있는 모습이 보였다.

놀랍게도 그녀는 강미소였다.

"어? 센터장님!"

강미소가 천천히 멈춰 섰다.

도수 역시 그녀 앞에 멈춰서 물었다.

"새벽부터 웬일이에요?"

"요즘 통 운동을 못 한 것 같아서."

코끝을 문지른 그녀가 되물었다.

"그런데 센터장님은요? 들어가신 지 얼마 안 되셨잖아요."

그것도 집이 아닌 연구실로 들어갔다.

어깨를 으쓱인 도수가 말했다.

"체력 관리를 좀 해야 될 것 같아서요."

"에이, 센터장님은 체력 좋으신 건데."

"…그런가?"

"그렇죠. 다른 교수님들은 하루에 수술 한두 건만 잡혀도 한숨을 쉬시는데 센터장님은 그런 수술을 몇 건씩 하시잖아요. 잠도 못 주무시면서."

강미소가 보기에 그렇더라도.

도수가 부족하다고 느끼면 부족한 것이다.

"뭐, 체력은 좋을수록 좋죠."

"무리하시다 쓰러지실까 봐 그러죠."

"그러는 강미소 선생도 늦게 들어간 걸로 아는데?"

"전 센터장님과 다르죠."

"뭐가요?"

"큰수술은 보조만 하지 직접 집도하지 않잖아요. 센터장님처럼 여러 번 수술하는 것도 아니고. 그리고 가장 중요한 건……."

"……?"

"센터장님은 아직 어리시니까 그런 생각 안 하시겠지만 전 슬슬 연애도 하고 시집도 가야죠. 남자 만나려면 꾸준히 몸매 관리도 해야 하는 거고."

항상 진흙탕에 파묻혀 있다 보니 신경 쓸 겨를이 없었지만, 그녀는 화장기 없이도 충분히 아름다운 미모를 가지고 있었다.

그러나 관리를 해주지 않으면 그런 천부적인 미모도 시들게 마련.

"하긴."

도수가 수긍하자.

강미소가 눈을 흘겼다.

"그 반응 뭐예요?"

"운동 열심히 하라는 겁니다."

"제 몸매가 평소에 마음에 안 드셨어요?"

"무슨."

"그럼 제 혼삿길 걱정해 주시는 거예요?"

"일하다 먼저 퍼지면 안 되니까 얘기하는 겁니다."

"에휴……."

한숨을 내쉰 강미소가 말을 이었다.

"하긴, 일만 아는 센터장님한테 기대한 제가 바보죠."

도수가 피식 웃었다.

"다 알고 왔으면서."

사람 만날 시간도, 연애할 시간도 없다는 것을 미리 알고 동참한 것이다.

그러고도 아직까지 남아 있는 걸 보면.

강미소의 불평불만은 진심 어린 생각이 아니었다.

역시, 그녀가 말했다.

"그래도 전 아직 환자 보는 게 더 좋아요."

"그 마음 최대한 오래가길 바랍니다."

"매정하셔라."

두 사람은 마주 보며 웃었다.

그러고는 함께 달리기 시작했다.

얼마나 달렸을까?

강미소는 도수의 등을 보게 됐다. 점점 거리가 벌어지고 있는 것이다.

'질 수 없지.'

강미소는 속력을 올렸다.

중고등학교 시절부터 뭐 하나 남한테 지는 걸 못 참던 그녀다. 그래서 항상 시험을 보면 전교 일등만 했고, 체육대회 때 개인 종목을 겨루면 우승까지 거머쥐었다. 거기다 얼굴까지 예쁘고 집도 중산층 의사 집안이니 모든 남학생들에게 우상시됐다. 그럼에도 그녀가 제대로 된 연애 한 번 해보지 못한 건 최고의 자리를 유지하기 위해서였다.

남들이 놀 때 공부하고 쉴 때 운동을 했다.

그렇게 전국 상위권에서 놀던 그녀는 당시 이슈가 됐던 아로대학병원 김광석 교수에게 큰 영감을 받았고, 천하대를 마다하고 아로대학병원 응급외상센터에 자원했다. 그랬던 그녀가 천하대에서 근무하게 될 줄은 그녀 역시 상상도 못 했던 미래다.

'네 등을 보고 여기까지 왔지만… 결국은 너와 대등한 위치

에 설 거야!'

도수와 같은 써전이 되는 것이야말로 모든 외과의들의 꿈일
것이다.

강미소 역시 다르지 않았다.

그녀가 오버 페이스로 쫓아오자 도수는 속력을 더 올렸다.
지는 걸 싫어하기로는 그 역시 누구 못지않았기 때문이다.

그러자.

퍼억!

"꺅!"

뒤에서 비명 소리가 들려왔다.

내리막길에서 무리하게 내달리던 강미소가 발이 엉켜 앞으
로 고꾸라진 것이다.

도수는 뛰던 속도를 줄이며 멈췄다.

"괜찮아요?"

오르막을 올라간 그가 묻자, 앉아서 멍한 표정을 짓고 있던
강미소가 도수를 쳐다봤다.

"아뇨. 못 움직이겠는데."

도수는 한숨을 내쉬었다.

"오기가 지나치면 다칠 수밖에 없어요."

손을 내미는 그.

강미소는 그 손을 맞잡고 일어나다가 비틀거리며 다시 주저
앉았다.

"오기 부린 결과가 안 좋네요. 전 이대로 좀 앉아 있다가 뒤따라갈게요."

무릎이 찢어지는 바람에 미끈한 다리 위로 피가 흐르고 있었다.

빤히 보던 도수는 말없이 투시력을 썼다.

샤아아아아.

뼈와 근육이 눈에 들어왔지만 크게 손상된 지점은 보이지 않았다.

큰 부상은 아니란 뜻이다.

조금 쉬면 괜찮아질 테지만, 이 추운 날씨에 아스팔트 바닥에 한참을 앉아 있게 하기는 좀 그랬다.

어차피 운동하는 거.

도수는 방식을 바꾸었다.

"업혀요."

그가 등을 보이고 쪼그려 앉았다.

뛰는 것도 운동이지만 업고 걷는 것도 어느 정도 근력운동이 될 터였다.

강미소가 눈을 동그랗게 떴다.

"진짜요?"

원래 그녀 성격 같으면 거부했겠지만, 상대가 상대다 보니 호기심이 샘솟았다.

"제가 알던 센터장님보다 너무 자비로우신데."

"…빨리 안 업히면 그냥 갑니다."

"헤헤. 그럼 실례하겠습니다!"

강미소가 냉큼 등에 올라탔다.

도수는 그녀를 업었다.

조금 과장해서 깃털처럼 가벼웠다.

"대단하네요."

도수가 걸으며 말하자.

강미소가 물었다.

"대단히 무겁다고요?"

"그 반댑니다."

미소 지은 도수가 말을 이었다.

"이렇게 업어보니 오십 킬로도 안 되는 것 같은데 백 킬로가 넘는 환자들을 실은 스트레처 카를 밀고, 옮기고, 눕히고 다 하잖아요."

"제가 보기보다 힘이 좀 세거든요."

이렇게 가벼운 여자가 세봤자다.

하긴, 이 병원에서 그녀만 이런 고생을 하는 것은 아니었다.

간호사들도 욕창 방지를 한답시고 매일같이 무거운 장기입원 환자들을 낑낑대며 돌려 눕히는 등 별별 고생을 다 한다.

그렇다고 남녀 분업을 실시할 수도 없는 노릇.

응급외상센터에선 여자도, 남자도, 젊은이나 노인도 차이가 없었다.

그저 의료인과 환자가 있을 뿐.

이런저런 생각을 하는 사이 두 사람은 병원 건물 앞에 도착했다.

도수가 강미소를 업은 채 응급실 문으로 들어가자, 환자인 줄 알고 반사적으로 다가왔던 간호사 이하연이 눈을 치떴다.

"아……! 두 분이 왜 같이……."

"그렇게 됐습니다."

도수는 너무나 자연스럽게 처치실로 들어갔다. 그러고는 강미소의 허락도 없이 그녀를 눕히고 무릎을 소독했다.

"앗, 따거."

"몇 바늘만 꿰매면 될 것 같습니다."

"그냥 약 바르면 안 될까요? 흉 질까 봐."

"그게 더 티 날걸요."

"……."

강미소는 수긍할 수밖에 없었다.

도수가 수술한 환자들을 통해 그의 솜씨가 얼마나 깔끔한지 수없이 봐왔기 때문이다.

그러나 문제는.

"제가 날카로운 건 다 무서워해서요. 공포증 수준으로요."

"상처 부위 보지 말고 얘기해요."

간단히 대답한 도수가 마취 후 상처를 봉합했다.

슥, 스윽.

그가 손길을 움직이는 사이.

강미소는 날카로운 주삿바늘이 들어오는 것도, 바늘이 살을 꿰는 느낌도 크게 받지 못했다. 어? 하는 사이에 어느새 꿰매는 중이었던 것이다.

항상 환자들을 수술하는 것만 봐왔지, 직접 환자가 된 그녀.

신선한 기분이 들었다.

사소한 처치만으로도 새삼 도수의 실력을 체감한 그녀는 놀란 눈으로 그의 얼굴을 바라봤다. 그 순간, 얼굴이 붉게 달아올랐다.

'처치실 난방이 좀 과한가?'

하도 연애를 안 해서 연애 세포가 화석이 되다시피 한 그녀이기에 정확한 이유를 자각하진 못했다.

'그나저나……'

도수의 이목구비가 눈에 들어왔다.

그저 멀리서 볼 때와.

지금처럼 서로 숨길이 닿을 만큼 가까운 거리에서 유심히 들여다볼 기회가 주어졌을 땐 새삼 받는 느낌이 달랐다.

'진짜 잘생기셨었네.'

간호사들이 왜 그렇게 수군거렸던 건지 깨달았다.

그 이유를 이제야 깨달은 강미소도 강미소지만.

그녀가 유난히 지금 이런 감흥을 받은 데에는 단순히 외모

외에도 어떠한 감동이 포함돼 있었다.

도수같이 대단한 써전이 직접 자신의 무릎을 꿰매주는 것도.

가운이 아닌 추리닝을 입은 채 한껏 집중하고 있는 모습도 가슴을 뛰게 했던 것이다.

강미소가 자기도 모르게 '이 시간이 끝나지 않았으면 좋겠다'는 황당한 생각을 하는 찰나.

도수가 손을 떼며 말했다.

"다 됐어요."

그 말에 화들짝 놀란 강미소가 무릎을 보았다.

'진짜네.'

안 그래도 이런 쪽에 겁이 많은 그녀 입장에선 치료가 끝났으면 좋아야 하는데.

왜 이렇게 아쉬운 걸까?

두려움도, 고통도 못 느끼는 사이 정말 봉합이 끝나 있었다. 방금 꿰맸는데도 겉보기에 끔찍하기는커녕 신기할 정도로 깔끔한 솜씨였다.

"역시."

강미소가 엄지손가락을 추켜세웠다.

피식 웃은 도수는 자리에서 일어나며 말했다.

"전 또 수술이 잡혀 있어서 먼저 들어가 보겠습니다. 천천히 나와요."

그가 몸을 돌려 나가려는 순간.

강미소가 입을 뗐다.

"수술은……."

도수가 고개를 돌리자.

망설이던 그녀가 물었다

"수술은 누구랑 들어가실 생각이세요?"

"강 선생이랑 들어갑니다."

강미소는 자기도 모르게 좋아서 비명을 지를 뻔했다. 그 마음을 아는지 모르는지, 입가를 씰룩이는 그녀에게서 눈을 뗀 도수는 처치실 문을 열고 나가 버렸다.

뒤에 남은 강미소는 자신의 무릎을 다시 바라봤다.

"…정말 깔끔하네."

도수의 성격만큼이나.

외모만큼이나 깔끔한 솜씨.

두근, 두근.

다시 가슴이 뛴 그녀가 고개를 저었다.

"내가 미쳤나 봐."

중얼거린 강미소는 자신이 받고 있는 느낌이 일시적인 착각이라 느꼈다. 딱히 이상형에 대해 생각해 본 적은 없었지만 애초에 연하는 남자로 생각조차 해본 적 없었던 그녀이기 때문이다.

설렘보단 기대.

호감보단 동경.

그게 바로 도수를 바라볼 때 드는 감정의 정체라고, 그녀 스스로 생각했다.

*   *   *

간호사 이하연은 전부터 도수에게 호감이 있었다. 아니, 내심 한편으론 이 병원에서 근무하는 대부분의 간호사들이 도수에게 호감이 있을 거라고 생각했다.

도수는 그들 모두가 꿈꾸는 일들을 척척 해냈으니까.

그에게 악감정이 있는 사람이 아니라면, 모두가 그에게 호감을 가질 수밖에 없다고 여겼다.

그렇게 생각하는 건 생각하는 거고.

강미소를 업고 들어온 도수를 맞닥뜨린 느낌은 또 달랐다.

멍하니 넋을 놓고 있는 그녀에게 옆에 있던 동료 간호사가 말을 붙였다.

"강 선생이랑 센터장님, 둘이 뭐 있는 거 아니야?"

정작 도수는 별생각이 없었겠지만 소문이 천리마보다 빠른 게 또 병원이란 곳이다.

그러나 이하연은 그 말을 듣고 싶지 않았다.

"뭐가 있긴 뭐가 있어. 그냥 같이 운동하신 것 같던데."

"그러니까. 왜 둘이 같이 운동을 하냐고. 그것도 그 새벽에."

"그걸 내가 어떻게 알아?"

"어라? 왜 이렇게 민감해? 혹시 너……."

이하연은 아차 싶었지만.

깊은 속내를 들킬 새 없이, 스테이션으로 다가온 소문의 주
인공 이도수가 대화에 난입했다.

"이 간호사님."

"…네?"

괜히 얼굴이 새빨갛게 익는 이하연.

그런 그녀에게는 눈길도 주지 않은 도수가 환자 차트를 확
인하며 말했다.

"이따 열 시 수술 들어오세요."

제5장

의혹

열 시까진 아직 네 시간이 더 남아 있었다.

그러나 응급실에서의 네 시간은 사십 분처럼 짧았다.

그사이 헬기가 두 번이나 떴다.

환자가 밀려들어 올수록 의료진들도 빠르게 지쳐갔다.

그래서 미리미리 예정된 수술을 이른 시간으로 당긴다고 당긴 건데, 그래도 녹초가 다 돼서 들어가게 생겼다.

'인원을 더 뽑아야 할 텐데.'

도수는 충원하고 싶은 마음이 굴뚝같았지만.

애초에 지원자도 없는 마당에 누굴 뽑을 수 있단 말인가?

"후."

아침부터 줄기차게 들이닥치는 환자들.

가벼운 배탈이나 몸살을 앓는 환자부터 골절이나 절단 등 아침부터 변을 당한 환자들도 있었다.

그중에서 덜 중요한 환자는 없다.

당장 수술이 필요한 환자도 긴급하지만, 별게 아닌 줄 알았던 증상으로부터 거대한 뿌리가 발견될 때도 있었기 때문이다.

도수는 단 한 명의 환자도 가볍게 지나치지 않았다.

그러나 가끔은, 정말 나이롱환자도 존재했다.

"아프다고! 아파 죽겠다고! 진통제 달라고! 아주 센 걸로!"

고래고래 악을 쓰는 사십 대 남자 환자.

"그렇게 막 처방을 내드릴 순 없습니다."

도수가 말했다.

"검사 결과도 이상이 없으시고 진통제도 듣질 않으니……."

"그래서 뭐? 그냥 참으라고? 아고고, 나 죽네! 더 센 걸로 주면 되잖아! 진통제 줘, 진통제!"

양옆으로 데굴데굴 구르는 환자.

도수는 한숨을 내쉬었다.

샤아아아아아아아.

투시력을 발휘한 결과.

이번에도 환자의 몸속은 큰 문제가 없었다.

그래도 언제나 '만약'은 존재하게 마련이다. 게다가 통증을 호소하는 환자를 그냥 저렇게 내버려 둘 수도 없는 노릇.

도수는 투시력을 키웠다.

샤아아아아아아아아.

그 순간.

두근!

심장이 크게 뛰었다.

"헉."

도수는 자기도 모르게 가슴을 부여잡으며 휘청거렸다.

"뭐야? 왜 이래?"

환자의 당황한 표정이 보였으나.

도수는 그조차 신경 쓸 겨를이 없을 정도로 심각한 상황을 맞이하고 있었다.

두근! 두근!

심박수가 달라진 게 아니다.

심장이 평소보다 훨씬 큰 폭으로 박동하고 있었다.

갑작스러운 상황이고, 지금껏 한 번도 겪어보지 못했던 일이었다.

'이런 젠장. 왜 이러는 거야?'

도수는 심장을 부여잡은 채 속으로 물었다. 그러나 대답해 주는 사람은 없었다. 당장 심장마비가 와서 쓰러져도 이상할 것 같지 않은 상태.

도수는 입을 벙긋거렸지만 뭐라 말이 안 나왔다.

"여기요!"

오히려 환자가 벌떡 일어나더니 병원 사람들에게 손을 흔들었다.

아파 죽겠다던 환자는 어디 가고, 당황한 기색이 역력한 환자만 남아 있었다.

'역시.'

도수는 자신의 생각이 맞았다는 걸 확인했다.

환자는 나이롱이 맞았다.

하지만 도수는 진짜 환자가 될 판이었다.

'왜 이런 거지? 투시력을 무리하게 써서?'

충분히 그럴 수 있었다.

근래 몇 번이나 무리해서 투시력을 사용했으니까.

그 후폭풍이 닥친 거라면 받아들일 테지만 왜 하필 지금이란 말인가?

열 시에는 정동진 환자의 뇌출혈 수술이 기다리고 있었다. 정동진 환자의 바람대로 언론인들을 불러서 진행하는 수술인 것은 둘째 치고, 아무나 다 할 수 없는 수술이라는 점이 꼭 도수가 필요한 이유였다.

"안 돼."

어?

말이 나왔다.

그러고 보니 심장에서 느껴지던 부담도 점차 완화되어 가고 있었다.

스으으으으.

두근, 두근, 두근.

정상적으로 돌아온 심장박동.

때마침 우르르 달려온 의료진들이 물었다.

"괜찮으세요?"

"센터장님, 갑자기 왜 그러세요?"

"무슨 일입니까?"

듣고 있던 도수가 대답했다.

"괜찮습니다. 별일 아니에요."

"별일 아니긴요. 너무 무리하셔서 그렇습니다."

"맞아요. 좀 쉬다 수술 들어가시죠. 아니면 뇌수술이니 그 수술은 신경외과로 넘기시거나……."

"아뇨."

도수가 고개를 저었다.

"진짜 괜찮아요."

문제는.

다시 투시력을 쓰기가 두려워진다는 점이다.

무심코 멀쩡히 돌아다니는 나이롱환자에게 고개를 돌린 순간.

"아!"

투시력이 아직 사라지지 않은 상태란 것을 깨달았다.

그런데, 놀란 점은 그것뿐만이 아니었다.

전과는 다른 세상이 보이고 있었다.

예전에는 해부학 책이나 실습장에서 자주 보던 인형과 흡사하게 상대방 몸속을 투영할 수 있었다.

하지만 이젠 단순히 그런 투시력이 아니었다.

'능력이 달라졌어.'

핸드폰으로 치면 스마트폰이 처음 나왔을 때의 혁신, 컴퓨터 게임으로 치면 스리디 게임이 처음 나왔을 때의 충격만큼이나 보이는 것들이 변했다.

근육, 혈관, 장기들은 더 선명해졌으며.

환자의 혈관 속에 흐르는 피에 섞인 이물질까지 햇빛에 반사된 강물이 반짝이듯 색색깔로 반짝이고 있었다.

뭐가 어떤 이물질인지 한눈에 알아볼 순 없었지만 혈액이 정순하지 않다는 것 정도는 알 수 있었다.

도수는 몰려든 의료진들을 보며 말했다.

"환자분 소변검사랑 혈액검사 해주세요."

환자가 눈을 부릅떴다.

"소변검사나 혈액검사는 왜? 난 건강검진을 받으러 온 게 아니야! 엑스레이나 CT상에도 아무 문제 없다고……."

"그 검사들에서 문제가 안 나왔는데 통증이 계속된다. 그럼 할 수 있는 검사들을 더 해봐야죠. 필요한 검사들이니 꼭 받으세요."

몸속을 꼼꼼히 살펴봐도 아무런 문제가 없다. 그런데 통증을 호소하며 센 진통제를 달라고 떼를 쓴다. 그러다가도 의료진들을 부를 땐 또 멀쩡했다. 정황뿐이지만 종합적으로 생각해 볼 수 있는 것은 하나였다.

'마약중독.'

아마도.

맞을 것이다.

역시나 남자는 소변검사와 혈액검사를 회피했다.

"됐어! 이거 놔요. 나 퇴원하게……."

그가 황급히 자리를 피하려 하자.

도수가 말했다.

"알겠습니다. 그럼 처방이라도 받고 가세요. 계속 아프실 순 없으니."

그제야 한숨을 내쉰 남자가 활짝 웃었다.

"감사합니다, 선생님."

"별말씀을."

가볍게 대답한 도수는 처치실을 나가서 의료진을 붙잡고 말했다.

"오브이 삼이구(OV329: 마약중독 치료제의 일종) 주세요."

"센터장님 설마."

"경찰도 부르시고요."

"알겠습니다."

의료진이 알아듣자.

도수는 투시력을 통해 방금 봤던 것들을 떠올렸다.

'그동안 무리해서 투시력을 사용했다. 그런데 투시력으로 볼 수 있는 것들이 더 구체적으로 변했어.'

투시력을 사용하는 방법은 집중력을 극한까지 끌어올리는 것.

집중력이 일정 범위 안에 들어서면 투시력이 발휘된다.

즉, 투시력의 지속 시간은 체력에서 나오고, 투시력의 강도나 정확도는 집중력에서 나온다는 뜻인데.

'집중력을 향상시키면 지금보다 더 많은 것들을 볼 수 있게 되는 건가?'

그런 의문이 들었다.

어디까지 볼 수 있을진 모르겠지만 그게 사실이라면 집중력을 키워야 한다.

투시력은 외과의에게 강력한 무기가 될 수 있기 때문이다.

투시력이 늘어난다면 써전으로서의 역량도 향상된다. 그럼 더 많은 환자를 살릴 수 있다.

문제는.

'일반적인 방법으론 안 돼.'

도수는 단정 지었다.

수술을 반복해도 쉽게 늘지 않는 집중력이다.

수술보다 더 집중할 만한 일이 어디 있단 말인가?

결국 투시력을 더 개발하려면 지금처럼 끊임없는 수술을 해서 집중력 스탯을 쌓아가야 한다는 의미였다.

마약중독 환자가 있는 처치실을 빤히 응시하던 도수는 문득 엘리베이터로 시선을 옮겨갔다.

'어쩌면.'

못 보던 걸 볼 수 있게 됐으니, CIA 엄승진 환자의 심장이 녹아내린 이유를 밝힐 수 있을지도 모른다는 생각이 들었다.

물론 혈액검사에서도 밝혀지지 않은 걸 도수의 투시력이 밝혀낼 수 있다고 확신하진 못하지만, 기대를 걸어보는 것이다.

"저, 잠깐 병동 좀 올라갔다 올게요."

"센터장님, 곧 수술 들어가셔야 하는데요."

"금방 다녀오겠습니다."

＊　　　＊　　　＊

병동에 가서 엄승진을 만난 도수는 눈을 질끈 감았다. 뭔가 발견할 수 있을 줄 알았는데, 한층 강력해진 투시력으로도 알아낼 수 있는 게 없었다.

망연자실한 채 서 있는데, 엄승진이 말을 걸었다.

"선생님."

"네."

"지난번에… 복용했던 약에 관해 물어보셨죠?"

"생각난 게 있으십니까?"

"후……."

왜인지, 엄승진은 크게 한숨을 내쉬었다.

"비밀로 해주신다고 약속해 주시면 얘기하겠습니다."

"어디 가서 말할 데도 없습니다."

엄승진이 고개를 끄덕였다. 그리고 어렵사리 입을 뗐다.

"사실… 전 마약을 복용하고 있습니다."

"마약이요?"

바로 전에도 마약중독자를 만났는데 이번엔 원래 치료하던 환자가 마약중독자라는 사실을 알게 되었다.

우연일까?

생각할 틈을 주지 않고 엄승진이 얘기를 계속했다.

"아마 양성반응이 나오지 않았을 겁니다. 저도 그걸 알고 손을 댔던 거니까요."

"어떤 마약이죠?"

"일단 통증 완화 효과가 뛰어납니다. 그냥 진통제 수준이 아니라 언제 아팠냐는 듯 괜찮아져요. 그렇지 않고 제 심장이 멀쩡했더라면 약을 하진 않았을 겁니다."

도수가 듣고 싶은 것은 변명이 아니었다.

"어떻게 구한 겁니까?"

"멕시코에서 마약을 밀반입하는 놈들을 잡았을 때 빼돌린 겁니다. 그 후에도 계속 조금씩 빼돌려서 복용을 했고요."

"······."

"누구한테 얘기하실 겁니까?"

"아뇨."

도수가 고개를 저었다.

"얘기 안 합니다. 아직도 가지고 있습니까?"

"지금은 없습니다."

한숨 쉰 엄승진이 말을 이었다.

"이렇게 오래 있다 돌아가게 될 줄 몰랐으니까요. 미국에 있습니다."

"목숨이 달린 일인데, 왜 처음부터 얘기하지 않은 거죠?"

"그것 때문에 심장에 문제가 생겼을 거라곤 생각하지 않았으니까요. 자체적으로 성분을 의뢰해서 결과를 받아봤을 때도 그런 부작용에 대한 건 없었습니다."

CIA이니 충분히 성분 의뢰를 했을 것이다.

의뢰 결과는 의심할 필요가 없다.

최고의 정보기관에서 분석한 결과니까.

그 말인즉 그들도 밝혀내지 못한 걸 도수가 밝혀낼 수 있을 리는 없다는 의미이기도 했다.

"아직 확실한 건 아무것도 없습니다."

정말 심장이 녹은 게 마약 때문이라면 상황이 심각하다.

어머니의 심장이 녹은 이유는 미완성된 B&W의 심장 성형제를 복용했기 때문.

그런데 여기서 엄승진의 심장이 녹은 이유가 마약 때문이라면 의심할 수 있는 것은 하나뿐이었다.

B&W와 마약 제조 업체 간의 결탁.

'일이 복잡해지는군.'

미간을 찌푸린 도수가 다시 한번 확인했다.

"정말 그 외에 복용한 약물은 없었습니까?"

"특별한 약은 없었습니다."

"심장 관련된 약은요?"

"약이나 있나요."

"……."

도수는 일단 고개를 주억거렸다.

"알겠습니다. 이 문제에 대해선 다시 얘기하기로 하죠."

비록 강화된 투시력으로도 엄승진이 심장이 녹은 원인을 찾아내진 못했으나.

엄승진의 진실 고백을 통해 심장이 녹는 현상을 만드는 주범에 한발 가까워진 기분이었다.

'수술이 끝날 때까진 신경 쓰지 말자.'

병동을 나선 도수는 수술복으로 갈아입고 바로 수술실로 향했다. 지금쯤이면 뇌출혈 환자 정동진이 수술대 위에 누워 있을 것이다. 참관실에는 기자들이 모여들었을 테고.

촤아아아아아!

손을 꼼꼼히 닦고 물기까지 제거한 도수는 수술실 문을 열고 들어섰다.

그러자.

강미소, 이하연을 비롯한 신경외과 레지던트 한 명이 고개를 숙였다.

"안녕하십니까."

가볍게 고개를 끄덕여 인사를 받은 도수가 이하연이 장갑을 씌워주는 사이, 참관실로 눈길을 돌렸다.

카메라 대신 펜을 든 기자들이 수술실을 내려다보고 있다.

그 외에도 병원 간부들이 참관하는 상황이었다.

왜 기자 한 명한테 이런 관심이 쏟아지는 걸까?

오성병원에서 정동진 기자 한 명을 데려가기 위해 수십 명의 환자를 떠맡으려 했던 것부터가 수상했다.

하지만 도수는 고개를 저어 생각을 떨쳐냈다. 그가 누군지는 중요치 않았다.

그는 뇌출혈 환자다.

그리고 도수가 치료해야 할 대상이었다.

환자 곁에 선 도수는 투시력을 발휘했다.

샤아아아아아아아아.

더 선명해진 투시력이 머릿속을 비추고 있었다.

"칼."

이제, 다시 싸움을 치를 순간이 왔다.

제6장

도수만의 수술법

턱.

손에 잡히는 칼자루.

이젠 너무 익숙해서 무감각하기까지 하다.

"현미경 주세요."

이하연이 현미경을 씌우자.

도수는 당연한 수순처럼 투시력을 발휘했다.

샤아아아아아아.

앞에 누운 환자의 머릿속이 한눈에 들어왔다.

역시, 투시력은 업그레이드된 것이 확실했다.

첫 뇌출혈 환자를 수술할 당시에는 두꺼운 두개골과 뇌를 감싸고 있는 세 겹의 막 때문에 안쪽이 선명하게 보이지 않았다.

출혈이 있다는 정도만 구별했을 뿐이다.

그런데 지금은 터진 혈관은 물론 뇌신경들까지 가닥가닥 잡히고 있었다.

더 이상 세 겹의 막이나 두개골은 장애물이 되지 못했다.

'이 능력은 어디까지 발전할 수 있는 거지?'

실로 궁금해졌다.

초능력의 한계를 알고 싶었다.

그러나 지금 당장 알 수 있는 부분이 아니었다.

'…집중하자.'

도수는 투시력에 대한 궁금증을 깨끗이 잊었다.

지금은 순간에 집중할 때다.

현재 가진 투시력에 신경을 쏟을 때다.

"어떻게 수술하실 거예요?"

강미소가 물었다.

그녀는 바짝 긴장하고 있었다.

가장 위험하고 어려운 수술이 심혈관질환과 뇌 관련 수술이다.

그러나 그녀는 응급외상센터 소속.

응급의학과 전공이기에 심장 수술이나 뇌수술은 그녀의 전문 분야가 아니었다.

그러니 더더욱 곤두설 수밖에.

반면 도수는 이미 여러 차례 심장 수술과 뇌수술을 집도한 임상경험이 있었다.

그는 대답하기 전, 환자의 상태를 꼼꼼히 살폈다.

투시력으로 봤다지만 혹시라도 놓친 것이 있나 다시 한번 확인하는 것이다.

환자의 머릿속은 이전에 봤던 것과 다른 형국을 띠고 있었다. 출혈이 멎은 한편 고인 피는 굳어버렸고, 그 탓에 뇌의 중심이 1.4센티 정도 밀려 있었다.

'역시, 운이 좋았어.'

뇌가 밀렸는데도 증상이 없다.

이는 도수의 예측대로였다.

그는 처음 혈종이 생긴 위치와 출혈량을 내다보고 수술을 미루는 결정을 했던 것.

만약 도수의 예상이 빗나가서 출혈이 계속되고, 환자가 일시적으로라도 언어장애나 의식장애가 생겼다면 더 악조건에서 응급수술을 해야 했겠지만 적어도 지금은 아니었다.

꼼꼼히 살펴본 도수가 마침내 입을 열었다.

"아마 경막하 출혈로 고인 피가 굳었을 겁니다. 우린 그걸 뇌세포 손상 없이 긁어냅니다."

물론, 이것 역시 도수이기에 가능한 일이었다.

이미 이전에 수술이 힘든 상태였던 뇌출혈 환자를 이런 식으로 치료해 본 경험이 있었다.

입술이 바짝 마른 강미소가 물었다.

"괜찮을까요?"

못 믿는 건 아니지만 이런 방식은 너무나 위험했다.

지난번 뇌출혈 환자야 다른 방법이 없었다지만 지금은 선택지가 있었다.

대다수의 신경외과의라면 용해제로 굳은 피를 녹인 뒤 피를 빼며 경과를 지켜볼 것이다.

하지만 도수의 생각은 달랐다.

그런 식으론 완치가 힘들다. 굳은 피가 용해되면서 다시 뇌를 압박할 것이기 때문이다.

그럼 그 후는 정말 하늘에 맡겨야 할 터.

할 수 있다면 직접 들어가서 혈전을 긁어내는 편이 훨씬 완치에 가까운 수술법이었다.

어디까지나 그런 섬세한 수술을 할 수 있다면 말이다.

그리고 도수는 그토록 정교한 수술을 할 수 있는 몇 안 되는 써전이었다.

"괜찮을 겁니다."

그렇게 대답한 도수는 조금의 망설임도 없이 칼날을 환자의 머리로 가져갔다.

스으으으윽.

피부를 절개하자.

곧 허연 두개골이 드러났다.

살을 자르면서 새어 나온 핏자국이 묻어 있었다.

"드릴."

턱.

도수는 두개골에 구멍을 내기 시작했다.

지이이이이이잉.

드릴이 뚫고 들어가자.

곁에 있던 강미소가 석션으로 뼈 가루를 제거했다.

시이이이이이익.

대수술의 시작이었다.

*   *   *

참관실에는 기자들과 병원 의료진들만 있는 것이 아니었다.

정동진의 가족들도 와 있었다.

"……"

그의 아내는 두 손을 모으고 수술을 지켜보고 있었다.

남편이 당한 사고.

그리고 뇌출혈.

이런 일은 드라마 속에서나 벌어지는 줄 알았다.

그런데 언제나 그 자리에 있으리라 철석같이 믿었던 하늘이 무너져 내렸다.

하늘이 왜 우리 가족에게 이런 시련을 주시나.

"남편분은 괜찮을 겁니다."

이사장이 그녀의 어깨를 두드려 주었다.

"이사장님."

터미널에서부터 이사장이 직접 보내준 차를 타고 이리로 왔다.

비서란 사람이 운전기사 노릇을 해주었다.

이런 대우, 아무 환자나 받는 것이 아니란 것쯤은 그녀도 알고 있었다.

이사장의 관심이 어디서 기인한 건지도.

그럼에도 지푸라기라도 잡고 싶은 심정으로 물을 수밖에 없었다.

"정말 괜찮을까요?"

"그럼요. 아이들은요?"

"지금 호텔에서 기다리고 있어요."

남편의 머리를 여는 장면을 보는 것은 그녀로 족했다. 아니, 그녀마저 개두술이 시작되는 순간엔 눈물이 줄줄 흘렀다. 차마 쳐다볼 수 없어 두 눈을 질끈 감았다.

지금도 모니터나 수술실을 외면하고 있는 그녀를 빤히 보던 이사장이 말했다.

"나가 계셔도 됩니다."

"아뇨, 그러기 싫어요."

"…어떤 의사도 수술 결과를 장담할 순 없습니다. 특히 이렇게 큰수술이라면 더 그렇지요. 하지만 확실한 건 이 선생이 우리 병원 최고의 써전이란 겁니다. 대한민국에서 그를 따라갈 실력자는 많지 않을 거예요."

뒤에서 지켜보고 있던 신경외과 과장은 절대 인정하기 싫다는 듯 못마땅한 표정을 짓고 있었지만 그가 끼어들 자리가 아니었다.

물론 정동진의 아내는 그 말을 믿었다.

"알고 있어요… 기사 찾아봤어요. 얼마나 대단하신 분인지. 하지만……."

그녀는 말을 잇지 못했다.

말을 하기조차 두려운 것이다.

뇌에서 혈액순환이 안 되면 산소 공급이 안 되고.

뇌세포가 죽는 것으로 이어진다.

문제는 죽은 뇌세포는 회복이 안 된다는 것.

한참 숨을 고르던 정동진의 아내가 어렵게 입을 뗐다.

"가장 사랑했던 가족들, 행복했던 추억들을… 한순간에 잃어버릴 수도 있는 거잖아요."

왈칵.

눈물이 쏟아졌다.

창피하게.

남들 앞에선 그래도 울지 않으려 했던 의지는 처참히 무너지고 가슴속에 다지고 다져뒀던 긍정적인 마음은 내려앉았다.

한없는 비관의 골짜기로 빨려 들어가려 할 때.

이사장의 목소리가 들려왔다.

"아니요. 시련에 지지 마십시오. 가족을 잃는 기분이나 잃을 수도 있다는 두려움. 저도 알고 있습니다마는."

그의 눈빛이 아련하게 잠겼다.

오래전 잃었던 가족이 떠올랐다.

딸아이가 태어났을 때부터 커오던 모습, 언제 어디서 살았는지 죽었는지 모르게끔 실종됐을 당시의 순간까지 주마등처럼 스쳐 지나갔다.

생생하고 마음은 아련했다.

너무 보고 싶었다.

마지막 순간에.

얼마나 외로웠을까?

얼마나 무서웠을까?

또 얼마나 고통스러웠을까.

가슴이 철렁 내려앉고.

그 아이 대신 어느 날 홀연히 나타난 그 아이의 씨앗. 화면 속 도수의 모습이 눈에 들어왔다.

"반드시 성공시켜 줄 겁니다. 지금껏 여러 차례 기적을 보여 준 것처럼."

선물 같은 아이다.

이사장인 그에게뿐만이 아니라 무수한 환자들에게도.

한창 수술하고 있는 도수의 모습이 보였다.

'어쩔 테냐.'

이사장은 눈으로 묻고 있었다.

머리를 완전히 열고 나서야 모두가 안 사실이지만, 도수의 선택은 일반적이지 않았다. 피를 용해시킨 뒤 빼내는 식의 치료를 하는 게 아니라 메스를 대려 하고 있는 것이다.

이사장은 도수를 믿어주었지만.

모두가 그런 것은 아니었다.

보다 못한 걸까?

조금 떨어져 앉은 신경외과 과장은 말없이 지켜보고 있는 이사장 대신 병원장에게 속삭였다.

"원장님, 저런 식으로 막무가내식 수술을 하다가 실패하면 이건 의료사고입니다."

병원장도 그 사실을 모르지 않았다.

도수의 판단은 매뉴얼을 완전히 벗어나는 행위였으니까.

굳이 신경외과를 전공하지 않았어도, 의사라면 누구라도 인지하고 있을 것이다.

참관실 안의 의사들이 의아한 표정이거나 얼굴을 찌푸리고 있는 것만 봐도 알 수 있었다.

하지만 이를 빤히 알면서도.

병원장은 미간을 좁힌 채 대답할 수밖에 없었다.

"이사장님이 허락하신 일이야."

"하지만……."

"그만."

말을 자른 병원장은 이에 대해 더 이상 왈가왈부하고 싶지 않았다. 지금 상황이 불안하고 언짢은 것은 그 역시 마찬가지. 그럼에도 이사장의 결정을 감히 바꿀 수 없기에 지켜보고 있는 상황에서 가타부타 거론하는 것 자체가 스트레스였다.

"성공하길 빌자고. 실력 하나는 최고인 친구니까."

"…알겠습니다."

신경외과 과장은 사실 할 말이 많았다.

그 실력 너무 믿다가 언제 한 번은 돌이킬 수 없는 실수를 하게 될 터. 그게 바로 오늘이라고 강력하게 설득하고 싶었다.

그러나 이미 기자들까지 수술을 지켜보고 있는 상황.

돌아올 수 없는 강을 건넜다는 것을 잘 알기에 더 이상 주장을 내세울 수 없었다.

"저놈은 미친놈이야."

신경외과 과장은 아무도 안 들리게끔 중얼거렸다. 뇌신경과 뇌혈관이 거미줄처럼 복잡하게 펴져 있고, 뇌세포가 빈틈없이 채우고 있는 곳을 칼로 헤집고 들어가다니.

'미친 짓'이란 말 말고 어떤 말로도 설명이 안 되는 행위였다.

그리고 아무도 못 들었을 줄 알았던 그 말을 귀신같이 귀가 밝은 정영록이 알아듣고 받아쳤다.

"자멸할 겁니다."

신경외과 과장이 인상을 쓰며 고개를 홱 돌렸다. 그러고는 나지막이 말했다.

"네 감정은 알지만 안 돼. 적어도 지금은."

저 많은 기자들이 보고 있다.

게다가 일반적이지 않은 수술법.

결과가 잘못되면 의료사고로 이어질 테고, 이는 이도수 개인의 문제가 아닌 병원 전체의 문제가 된다.

오직 도수에 대한 적개심으로 똘똘 뭉쳐 있던 정영록은 뒤늦게 사실을 깨닫고 고개를 숙이며 대답했다.

"죄송합니다."

"사리 분별은 하자고. 저주해야 할 때와 안 할 땐 구분하란 말이야."

"…예."

신경외과 과장, 그리고 정영록은 더 이상 대화를 나누지 않고 모니터로 시선을 돌렸다.

이러니저러니 해도 하나만은 확실하다.

저 솜씨.

그야말로 신이 주신 선물이었다.

언제 봐도 믿기지 않는 신기(神技)인 것이다.

그것은 도수를 동경하는 후배들도, 대견하게 생각하는 선배들도, 심지어 의사 집단 내 이질적인 그의 존재 자체를 혐오하는 대적자들까지도 공감하는 점이었다.

*   *   *

슥, 슥, 스윽.

도수는 고도의 집중력을 발휘하고 있었다.

샤아아아아아아아.

끊임없이 투시력을 쏟아부으며 수술을 해야 했다.

응고된 피, 그러니까 혈전이 맺힌 깊이를 정확히 계산해야 했다.

경막 아래 혈전이 눌러앉은 곳을 투시해서 지주막이나 그 아래 뇌 실질에 손상이 가지 않도록 혈전만 긁어내야 하는 것이다.

도수는 그 어려운 일을 훌륭하게 해내고 있었다.

'보면서도 믿기지 않아.'

강미소는 허탈했다.

도수처럼 그런 수술 실력을 가지고 싶다. 대등해지고 싶다는 생각을 매일같이 하지만 이렇게 수술방 안에서 그의 손놀림을 보고 있자면 까마득히 먼 목표처럼 느껴졌다.

아니, 목표면 다행이지 꿈처럼 느껴졌다.

신기루와 같은 손놀림이다.

'어떻게 이렇게 섬세할 수 있지?'

그런 생각이 드는 찰나.

섬세함을 넘었다는 생각이 꼬리를 물었다.

백번 양보해서 매의 눈을 가지고 뛰어난 손기술로 수술을 한다 쳐도 이해조차 안 가는 부분이 존재했다.

어떻게 혈전의 깊이를 알 수 있단 말인가?

'그것도 그거지만……'

왜 환자를 바로 수술하지 않았던 것일까.

일부러 이런 식의 치료를 생각해 두고 완치를 위해 피가 굳을 때까지 지켜본 것 같았다.

'그럴 리가 없지.'

아무리 스스로 뛰어나다 해도.

상식적으로 이해조차 할 수 없는 이런 수술을 할 수 있다고 자신한 채 혈전이 될 때까지 기다렸다는 건 말이 되지 않는다.

아무리 대담해도 그럴 순 없다.

아니, 설령 수술 결과를 자신한다 쳐도 환자 몸속을 샅샅이 들여다보지 않는 이상 어떻게 언제 피가 멎을지, 그 피가 굳으면서 뇌에 얼마만큼의 타격을 줄지 정확히 아는 건 불가능했다.

불가능, 불가능, 불가능.

도수가 하는 행동 하나하나가 강미소나 다른 의료진들에게는 그렇게 받아들여졌다.

컴퓨터로 치면 마치 에러나 버그 덩어리 같았다.

혼자만 치트 키를 쓰는 느낌이다.

그리고 그 생각은 정확했다.

도수는 그들이 감히 상상도 못 하는 장면을 직접 눈으로 보고 있으며, 말도 안 되는 감각의 도움을 받아 혈전을 긁어내고 있는 것이니까!

슥, 스윽.

그의 손놀림에 따라.

혈전이 떨어져 나가고 있었다.

생선 살을 바르듯 능숙한 움직임.

그의 손길이 지나간 아래로, 깨끗한 지주막이 제자리를 찾아나갔다.

제7장

의문의 죽음

"뇌혈관에 대해 자세히 공부했습니다."

"뇌혈관에 대해서요?"

"뇌에는 책에서 나오지 않는 혈관들이 존재하죠."

"그, 그건 그렇죠."

"출혈점의 위치를 보고, 제가 공부해 둔 혈관들의 위치를 맞춰봤습니다."

"아……."

"혈관마다 혈행이 다르게 마련이죠."

점점 블록을 맞춰가듯, 도수가 말을 이었다.

"당연히 회복 속도도 다릅니다. 어떤 혈관이 어떤 빠르기의 회복 속도를 가지고 있다 모두 말씀드릴 순 없지만, 확률적으로 자가 회복 할 확률이 굉장히 높은 혈관이 터졌다고 봤습니다."

"확률 게임을 하신 건가요?"

"확률, 그리고 감각적인 부분에 의지했던 거죠."

여기까지 말했을 때.

강미소는 평소와 달리 집요하게 캐물었다.

"결과가 좋더라도 얘기가 나올 소지가 많다고 생각하는데요. 환자의 목숨을 가지고 도박을 한 게 아니냐는."

"전쟁터에서 장애를 안고 살아가는 수많은 사람들을 봐왔습니다."

"……."

"저는 제 환자가 장애를 가질 확률을 줄이고 완치시킬 수 있다면, 무조건 그쪽을 선택할 겁니다."

살려야 한다.

그 목적이 일 순위에서 밀려날 순 없다.

하지만 지금처럼 장애를 떠안게 될 확률이 높은 경우라면, 더 완벽하고 깔끔하게 수술할 수 있는 방향을 선택하겠다.

그게 도수의 주장이었다.

그를 빤히 응시하던 강미소가 말했다.

"그렇게 말씀을 하셔도, 완벽히 확신할 수 있었던 근거로는 들리지 않아요."

계속 따지고 든다.

의료진들은 그녀를 새삼스러운 눈으로 쳐다봤다.

특히 간호사 이하연은 더더욱 그랬다.

'정말 둘이 뭔가 있는 건가?'

그렇지 않은 이상.

수술도 성공한 마당에 강미소가 이런 식으로 깊게 따지고 들 이유가 없었다.

아니, 평소 강미소의 캐릭터와도 맞지 않다.

모두가 이상하게 생각했지만.

정작 도수는 아무렇지도 않게 일일이 대답해 주었다.

"완벽한 확신은 없습니다. 모든 수술이 그렇지만, 특히 아직도 연구 중인 인간의 뇌처럼 미지의 영역에선 더욱더 그렇습니다."

"그건 그렇죠."

"바로 수술을 했어도 어떤 부작용이 있을지 모릅니다. 그러나 아무런 후유증을 남기지 않고 완치하긴 사실상 힘든 상황이었죠. 물론 방금 강 선생이 얘기한 것처럼 기다린다 해도 문제가 터질 수 있었습니다. 하지만 불가항력적인 사고가 터지지만 않는다면 깨끗이 완치할 수 있는 수술법을 갖고 있었죠. 저는 선택의 기로에서 가장 이성적이고 합리적인 방법을 선택한 겁니다. 그리고 이건 저 혼자의 생각이 아닌, 환자와 상의한 결과 도출한 결론이었어요."

사실이었다.

도수는 천하대병원에 돌아온 뒤 정동진과 시간을 가질 때마다 이번 수술에 대해 자세히 설명하고 동의를 받아뒀다.

수술 동의를 받을 때마다 반드시 거쳐야 하는 관문이었다.

그리고 당시에 정동진은 말했다.

"제가 두려운 건 죽는 게 아닙니다. 정말로 두려운 건, 더 이상 제 일을 못 하게 되는 거죠."

그 말이 도수의 가슴을 울렸다.

열정.

그리고 사명감.

그런 감정은 도수의 마음속에도 활활 타오르고 있었기 때문이다.

정동진이 덧붙였다.

"손이 부러지면 다른 사람의 손을 빌려 기사를 쓰겠습니다. 눈이 멀면 점자 자판과 가족의 도움을 받아 이 직업을 이어가겠습니다. 그런데 머리가 망가지면… 전 이 업을 끝내야 합니다. 아직 제가 세상에 들려주고 싶은 이야기는 끝나지 않았습니다. 제 두뇌를 남겨주시거나 저를 죽여주세요."

그 말을 들은 순간.

도수는 동의하지 않았다.

어떤 상태가 되든 살아야 한다. 일단 살고 그다음을 도모해야 한다.

그렇게 생각했다.

그러나 한 가지만은 공감했다.

정동진 기자의 열정.

그게 본인의 목숨만큼 가치가 있음을.

아니, 어쩌면 당사자에게는 목숨보다 더 가치가 있음을.

매디 보웬이 전쟁터에서 목숨을 걸었듯 그 역시 이번 수술에 목숨을 걸 각오가 되어 있었던 것이다.

결국 도수는 자신이 투시력을 통해 확고하게 자신을 가진 방법을 구구절절 설득하지 않고 진행할 수 있게 됐다.

물론 이 같은 내막을 자세히 설명하지 않았지만.

강미소에게는 충분한 설명이 됐다. 그리고 고개를 주억거려 수긍한 그녀는 왜 캐묻고 따졌는지 그 이유를 말했다.

"이 정도면 말이 나올 게 없겠어요. 아직도 의구심은 조금 남지만, 센터장님의 수술 성공률이 있으니 그 정돈 묻히겠죠."

"말이 나와요?"

도수가 묻자.

강미소가 참관실을 눈짓했다.

병원 간부들은 그렇다 치고, 외부인인 기자들이 아래를 지켜보고 있었다.

모든 수술 과정을 지켜봤을 것이다.

그제야 도수를 비롯한 의료진들은 알 수 있었다.

강미소가 걱정하고 있었던 것은 도수의 결정이 옳았는가에 대한 불신이 아닌 타인들의 시선임을.

도수가 말했다.

"쓸데없는."

그는 정말 그렇게 여겼다.

"질문은 언제든지 환영입니다. 환자에 대해, 그리고 수술에 대해 끊임없이 의문을 가지세요. 단, 남들한테 모든 걸 설명할 필요는 없습니다. 우리가 설명해야 할 대상은 기자들이 아닌 환자예요. 어떤 오명을 쓰더라도 의사가 확신이 있고 환자가 믿어준다면 그 수술은 용기를 갖고 진행해야 합니다."

강미소는 그 말에 반항하지 않았다.

"…죄송해요."

그리고 덧붙였다.

"하지만 어쩔 수 없었어요. 센터장님의 의지야 누구보다 잘 알지만… 낭중지추예요."

낭중지추(囊中之錐).

주머니 속 송곳.

도수처럼 유난히 잘난 사람은 반드시 두각을 나타내게 마련이다.

문제는 두각을 나타내면 동경하고 따르는 사람들도 늘지만, 그만큼 시기하고 질투하는 사람들도 동반된다는 점이다.

그러나 도수는 그걸 두려워하지 않는 사람이고.

그렇기에 그를 시기 질투 하는 이들이 변수가 되어 발목을 잡힐 수 있다고 여겼다.

어려서부터 의사 아버지를 지켜봐 온 강미소는 그 같은 사실을 누구보다 가까이서 느끼고 있었다. 그렇기에 도수가 얼마나 의사 사회에 속한 다른 의사들이 까기 좋은 대상인지 알 수 있었다.

그녀는 그를 지키고 싶었다.

여자 대 남자로서가 아니라 팀원 대 보스로서.

도수도 그 같은 마음을 느꼈는지, 가볍게 고개를 끄덕이곤 화제를 돌렸다.

"피는 깔끔하게 제거됐지만 아직 부종은 남아 있습니다. 사흘 정도 수면마취 해서 부종이 빨리 가라앉게 하죠."

"알겠습니다."

강미소가 가볍게 고개를 숙였고.

도수는 몸을 돌려 수술실을 나갔다.

*　　　*　　　*

수술실을 나선 도수는 득달같이 내려온 정동진의 보호자

들과 마주했다.

그리고 차분하게 수술 과정과 결과를 설명했다.

강미소에게 이야기했던 대로였다.

어느새 주위에 모여든 기자들이 그 내용을 상세하게 받아 적었다.

일련의 상황이 끝나고.

대뜸 그에게 다가온 신경외과 과장이 기자들 앞에서 환한 웃음꽃을 피우며 말을 걸었다.

"축하하네, 센터장. 놀라운 실력은 잘 봤어."

"……."

도수는 조금 당황스러웠다.

신경외과 과장은 바로 어제까지만 해도 병원 내에서 도수 와 마주치면 인사도 받아주지 않았기 때문이다.

물론 도수도 그다지 공손하게 인사를 건네진 않았지만.

어쨌든, 그를 원래부터 마음에 들어 하지 않던 신경외과 과 장이 갑작스레 태세 전환을 해서 친한 척을 하고 있는 것이 다.

'…아.'

기자들 앞이라서.

도수는 그렇게 이해했다.

"감사합니다."

대충 웃다가 꺼져라.

그런 내색이 역력한 표정이었다.

그러나 신경외과 과장은 떠날 생각을 안 했다.

"하하하하. 이번 수술에 대해 얘기를 좀 나누고 싶은데. 조만간 시간 한번 내주겠나?"

할 얘기가 뭐가 있겠는가?

애초에 신경외과 과장은 생각지도 못했던 방법으로 수술을 했는데.

그래도 도수가 오늘 한 수술은 굳이 분야를 나누자면 엄연히 신경외과 수술이다.

보는 눈… 특히 이사장이 이 자리에 있으니 도수는 싫은 티를 감췄다.

"그러시죠."

"그래, 그래."

신경외과 과장이 주억거리며 이사장에게 고개를 돌렸다. 눈치를 본 것인데, 이사장은 무슨 생각인지 놀라지도 않고 미소만 띠고 있었다.

이내 다가온 이사장이 도수에게 말했다.

"잘해줘서 고맙네, 센터장."

"아닙니다."

"그럼 피곤할 텐데 좀 쉬게."

"예."

이사장은 뒤에 달고 온 의료진들에게 눈짓하곤 자리를 떴다.

기자들도 서로 눈치를 보다 자리를 비켜주었다.

그들이 썰물처럼 빠져나가자.

뒤에 남은 매디 보웬이 입을 열었다.

"축하해."

"뭐가요?"

"넌 너무 덤덤해."

"아픈 환자를 치료한 게 축하할 일은 아니니까."

"으음. 그건 내가 경솔했다."

솔직하게 인정한 매디 보웬이 말을 이었다.

"대강 보니 여기 신경외과 과장이 널 탐내는 것 같던데?"

"노 땡큐."

"푸하하하!"

배꼽 잡고 웃은 매디 보웬이 고개를 저었다.

"하긴. 호랑이가 고양이 품으로 들어갈 순 없겠지."

"호랑이니 고양이니. 그런 게 어딨어요?"

"비유하자면 그렇단 거야."

"그렇다 치죠. 전 좀 피곤해서."

"잠깐."

매디 보웬이 발길을 붙잡았다.

"놀라고 감탄하는 건 여기까지. 나한테 할 얘기가 있을 것 같은데."

도수의 귀가 쫑긋했다.

그러자 매디 보웬이 말을 이었다.

"두 시간 전 천하대병원에서 마약 양성반응 결과가 나와서 경찰에 조사받으러 간 환자. 사망했어."

"……!"

도수는 깜짝 놀랐다.

그가 처방했고 경찰에 인계토록 조치해 놨지만 갑자기 사망할 상황이 전혀 아니었기 때문이다.

놀라운 건 그것뿐만이 아니었다.

"어디서 들은 얘기예요? 다른 기자들은 그런 말 없던데. 병원 사람들도 그렇고."

"내 개인 회선."

"확실한 겁니까?"

"백 퍼센트야."

"젠장."

도수는 입술을 깨물었다.

"그렇게 사망할 환자가 아니었어요."

"그랬겠지."

매디 보웬은 부정하지 않았다.

당시 환자를 본 적도 없는 그녀가 수긍하는 건, 아는 게 더 있다는 뜻이다.

"뭐예요?"

"그 환자, 내가 B&W를 조사하다 입수한 심장 성형제 복용자 리스트에서 사망한 사람이랑 같은 증상이야."

"…그 사람이 애용하던 마약과 B&W가 연관이 있단 겁니까?"

"그래. 너도 어느 정도 느끼고 있잖아? 그 환자 본 뒤에 바로 엄승진 환자한테 갔다며. 왜 그런 건데?"

귀신같은 여자다.

미국인이면서도 한국 언론사와 병원 관계자들보다 더 빠르게 이곳 정보를 꿰고 있었다. 심지어 방금 전까지 수술 참관을 했으면서, 언제 다 조사를 마쳤단 말인가?

이는 미국 언론사의 힘이 아닌 그녀 개인의 역량이었다.

그런 여자가 아군이니 분명 엄승진에게 들은 이야길 하면 물 만난 물고기처럼 B&W와의 연관성에 달려들 것이다.

어쩌면 순식간에 진실을 밝혀낼지도 모르고.

그러나 도수는 이미 엄승진과 마약 복용에 대해 함구하기로 약속했기에, 입을 닫았다.

대신 질문을 던졌다.

"어떤 증상으로 사망했습니까?"

"갑자기 심장의 동맥이 터졌어."

"……."

즉사했을 것이다.

매디 보웬이 물었다.

"아직 부검 결정은 안 났지만 난 심장이 녹아내리면서 동맥에 손상이 갔을 수도 있다고 생각해. 단지 미스터 엄보단 심하게 재수가 없었던 거지."

"너무 억측 아니에요?"

"근거는 없지."

"그러니까."

도수의 대답에 고개를 끄덕여 수긍한 매디 보웬이 다시 물었다.

"자, 이제 네 차례야. 미스터 엄은 왜 찾아갔어?"

투시력에 대한 것도 얘기할 수 없었다. 어차피 못 믿을 가능성이 큰 초능력인 데다 설명을 하기 시작하면 한도 끝도 없을 테니까.

해서 도수는 대충 둘러댔다.

"의사가 환자를 보는 데 특별한 이유가 있어야 하는 건 아니죠."

"이러면 곤란한데."

매디 보웬의 눈매가 날카로워졌다.

"수술 직전에 다른 환자를 보러 갔다? 하필 왜? 나한테 숨기는 게 있으면 안 돼."

"특별히 알아낸 건 없습니다."

엄승진이 마약 복용 중이란 사실을 제외하고는.

한숨을 내쉰 매디 보웬이 말했다.

"말할 것 같지도 않고 네 고집도 아니까 여기까지 할게. 거짓말을 듣는 건 나도 사양이니까. 뭐, 대충은 알 것 같기도 하고."

그녀의 눈치를 잘 아는 도수다.

'말 안 해도 전부 알아챘겠군.'

매디 보웬의 성격상 도수가 '왜' 숨기는지까지 파악하고 환자에게 찾아가 캐묻진 않을 터.

도수가 대답했다.

"말씀드릴 게 있으면 꼭 얘기해 드리겠습니다. 저도 기자님과 같은 목적을 가졌으니까요."

"그래, 그러자."

흔쾌하게 받아들인 매디 보웬이 다시 입을 열었다.

"그건 그렇고, 더 재밌는 소식이 있어."

사람이 죽은 건 결코 '재밌는 소식'이 아니다.

즉, 반어법이란 뜻.

그런 그녀가 말하는 '재밌는 소식'이란 대체 얼마나 불쾌한 소식일까?

"놀라운 소식이요?"

"그래."

고개를 끄덕인 매디 보웬이 대뜸 물었다.

"너, 일본 간다며?"

그건 또 어떻게 알았을까?

도수가 한숨을 내쉬었다.

"아무리 정보가 빨라도 이건 좀 너무한 것 같은데."

"너무 감탄하면 부끄럽잖아."

"어떻게 안 거예요?"

"너한테 메스 잡는 법을 물어보는 것만큼 빤한 질문은 하지 말아줄래?"

"그렇게 빤한 것 같진 않은데."

도수는 구시렁거리면서도 더 캐지 않았다.

"그렇다 치고. 제가 일본에 가는 게 재밌는 소식은 아닐 거고. 뭐예요?"

"네가 아니라 B&W가 일본에 구호 인력을 파견했다는 소식이야."

"B&W……."

여기서 또 이 이름을 듣게 될 줄 몰랐다.

굳이 어울리지 않으려 해도 동선이 겹치고 있었다.

"이젠 좀 지겨워지려고 하는데."

"매력 없긴 하지. 스토커처럼 널 따라다니는 느낌일 거야."

"비슷해요."

"그런데 입장 바꿔서 생각해 보면, 그쪽에서 널 보는 시선도 똑같겠지."

"제가 가는 걸 별로 달가워하지 않겠군요. 그건 알겠는데 이상한 점이 있어요."

"뭐?"

"제약 회사라면 구호 물품을 보내는 게 일반적이지 않나요? 실어 나를 비행기랑. 근데 구호 인력을 파견했다고요?"

"바늘 가는 데 실 가는 법. 사람을 보냈으면 당연히 구호 물품을 들려서 보냈겠지."

"B&W는 영 미심쩍어서. 좋은 일을 했는데도 저의가 의심이 가네."

"동감이야."

빙그레 웃은 매디 보웬이 표정을 차갑게 가라앉혔다.

"B&W의 심장 성형제 때문에라도 미심쩍을 수밖에 없지."

"심장 성형제가 정말 심각한 부작용을 유발하는 약물이라면 다른 약에도 장난을 치지 않았으리란 보장이 없긴 하죠."

"바로 그거야."

매디 보웬이 손가락을 부딪쳤고.

도수는 좀 더 근본적인 질문을 했다.

"아직은 근거가 너무 빈약하지만 B&W와 마약이 연관성이 있다. 그렇게 가설을 세워보자고요."

"그래. 난 제법 신빙성이 있다고 생각하지만… 어쨌든?"

"왜 그렇게까지 할까요?"

"왜?"

"이상하잖아요. 심장 성형제가 정말 심장 성형이 되고 부작용이 없다면 납득이 되지만. 굳이 법으로 금지시킨 마약까지 써가며 부작용이 있는 심장 성형제를 만든다? 앞뒤가 안 맞아요."

"이익을 위해서?"

"B&W 규모가 얼만데요."

"기업가치를 생각하면 말이 안 되긴 하지. 걸리면 쫄딱 망할 텐데. 관련자들을 갖다 바치고 살아남는다 해도 돌이킬 수 없는 타격을 입게 될 테고."

"그러니까요. 심장 성형이 필요한 심장질환 환자들 모두가 B&W의 심장 성형제를 산다고 해도 영업이익이 기업가치를 넘어서진 못해요."

고개를 끄덕인 매디 보웬이 대답했다.

"여기까지. 의심은 의심으로 남겨두자."

더 파고들면 본질이 흐려진다.

가설과 현실의 분간이 사라질 수 있는 것이다.

도수 역시 그 부분에 대해 수긍했다.

"그 의심이 틀렸으면 합니다."

"나도 마찬가지야."

두 사람 모두 진심으로 헛된 망상이길 바랐다.

그러나 적어도 도수는 또 한 가지, 마음에 걸리는 부분이 있었다.

'엄승진.'

그 역시 마약을 복용했다고 했다.

모종의 마약을 복용한 뒤, 심장 성형제를 복용한 후 겪은 것과 같은 증상을 겪은 환자가 둘이나 되는 것이다.

'젠장.'

그냥 남겨둬도 될 의구심이 아니었다.

만약 그와 매디 보웬이 세운 가설이 진실이라면 그야말로 돌이킬 수 없는 재앙이다.

'그럴 리 없어.'

그럴 리 없어야만 한다.

왜 그렇게까지 한단 말인가?

그 의문에 대한 이유를 찾지 못하는 이상, 두 사람의 추측은 어디까지나 가설로 머물 따름이다.

그리고 기왕이면 영원히 머물렀으면 했다.

같은 속내일 것이 분명한 매디 보웬이 다시 입을 열었다.

"어쨌든 우린 일본으로 가야 해."

"전 연수 때문이라고 치고. 기자님은 왜요?"

"난 B&W를 조사하고 있으니 B&W가 있는 곳에 내가 있는 건 당연한 거지."

"B&W는 미국에 있을 텐데."

"일본에도 온다잖아. 여기에서 가깝고. 이 기회에 여기저기 여행도 하고 그러는 거지 뭐."

아니.

일하러 가서 여행을 즐길 여자가 아니다.

가까워서 일본을 들른다는 것은 더 가벼운 헛소리다.

잠시 침묵하던 도수가 말했다.

"그럼 또 동선이 겹치겠군요."

"반갑지 않은 얼굴이다?"

"매번 비보를 가져오시니."

"아는 게 힘이야."

"모르는 게 약일 때도 있죠."

도수는 진심으로 얘기했다.

세상을 구하는 영웅이 되고 싶은 생각은 없었다.

하지만 모르면 몰랐지, 재앙이 올 걸 알면서 손 놓고 두고 볼 수는 없는 노릇이다.

의사는 한 사람의 환자만 치유하는 직업이 아니다.

수많은 환자가 발생할 수도 있는 상황을 그저 지켜볼 수만은 없었다.

그렇다고 해도, 부모님 일로 시작된 관심이 점점 더 감당키 힘든 의구심을 만들어 나가자 안 그래도 쉴 틈 없는 두뇌가 피곤해져 왔다.

미간을 찌푸리고 있는 그를 보던 매디 보웬이 피식 웃었다. 뚱한 표정을 보니 도수의 나이다워 보여 불쑥 동생 같다는 생각이 든 것이다.

"손 떼고 싶어?"

"네."

도수는 숨김없이 대답했다.

"떼고는 싶은데, 발목이 단단히 잡혔어요."

"나 혼자선 영웅이 될 수 없거든. 나한테 히어로 영화 속 히어로 같은 능력이 있다면 참 좋을 텐데 현실은 그렇지 않으니까."

"파트너를 잘못 구하신 것 같지만……."

"웃겨. 너 아니면 누굴 믿어? 라크리마의 영웅, 한국의 성자인데."

"전혀요."

"강한 부정은 긍정이라고들 하지."

"농담은 이 정도로 하죠."

도수가 덧붙였다.

"저 피곤해요. 일본 연수는 가능한 한 앞당겨 보겠습니다. 제 스토커는 언제 일본 도착한대요?"

스토커.

B&W를 말함이다.

"글쎄. 보름 내로."

"시기 맞추죠."

매디 보웬이 입을 벌렸다.

"와, 엄청 저돌적이네. 손 뗀다 뭐 한다 하더니."

고개를 절레절레 저은 도수가 대답했다.

"답 안 나오는 문제 갖고 머리 굴려봐야 제자리걸음이에요. 머리 아플 땐 직접 부딪쳐 보는 게 빠릅니다."

"그래, 들이받는 성격이었지."

매디 보웬은 피식 웃었다.

라크리마에서 총리에게 총을 겨눴던 열아홉 살 난민 소년이 떠오른 것이다.

그녀가 무슨 생각을 하든.

도수는 더 이상 대화를 이어가지 않고 몸을 돌렸다.

정말로 B&W에 대한 생각은 그만할 요량이었다.

깔짝깔짝 겉돈다고 잡을 수 있는 구렁이가 아니라면, 직접 칼을 들고 구렁이 소굴로 들어가서 구렁이가 있는지 없는지 확인할 생각이었다.

그리고 그걸 확인해야, 엄승진이라는 환자를 치료할 길이 보일 터였다.

＊　　　　＊　　　　＊

도수가 함께 갈 팀원들을 선정하고 가져갈 물자를 분류하는 등 한참 일본 연수를 준비하고 있는 사이.

그는 못 느꼈지만, 의료계는 충격에 빠졌다.

바로 도수가 행한 뇌출혈 수술 때문이었다.

기자들의 손을 통해 그 모든 과정과 결과가 세세하게 밝혀졌고, 그 결과 전문가들은 한목소리로 말했다.

도수만의 수술법은 그만이 가능한 듣도 보도 못한 수술법이라고.

이것만으로도 놀라운 일인데 수술을 받은 정동진 환자의 예후가 충격에 충격을 더했다.

뇌출혈로 수술을 받은 정동진이 부종이 가라앉자마자 이렇다 할 후유증 하나 없이 말끔하게 생활을 재개했던 것이다.

뇌수술 자체가 부작용을 피한다 해도 어느 정도 후유증과 재활은 반드시 동반하는 것.

이를 감안하면 도수가 보여준 수술의 결과는 오랫동안 이어져 왔던 신경외과 분야 써전들의 개념을 완전히 뒤엎을 만한 것이었다.

물론 여기서 문제는.

역시.

도수밖에 할 수 없는 수술이라는 것.

그 때문일까?

천하대병원은 도수 덕에 다시 한번 홍역을 치르고 있었다.

"후."

한숨을 내쉰 이사장은 고개를 절레절레 저었다.

여간해선 감정을 드러내지 않는 그에게는 이례적인 일이었다.

그것도 사석도 아닌 공석에서.

과장 회의에서 감정을 드러낸 것이니까.

잠시 침묵하던 그가 말을 이었다.

"다른 병원에 뇌출혈로 입원해 있는 환자들, 당장 오늘내

일 수술이 잡힌 환자들까지 전부 다 이도수 센터장을 찾고 있어."

"……."

과장들은 뭐라 말을 못 했다.

좋아할 일이라고?

물론 많은 사람들이 천하대병원으로 몰리는 건 반가운 일이다.

그러나 도수 한 사람을 보고 다른 병원에 입원한 환자들까지 천하대로 몰리는 건 그리 즐길 만한 상황이 아니었다.

"환자 한두 명이 아니야. 신경외과 환자들이 썰물처럼 빠져나가려 하니 해당 병원들에서도 항의가 빗발치고 있네."

"끙."

신음을 뱉은 병원장이 입을 열었다.

"이거야… 여러모로 정말 파란을 일으키는 친구군요."

그는 먼저 이사장의 의사를 물었다.

"어떻게 하실 요량이십니까? 이러다간 우리 천하대병원이 잘못도 없이 다른 병원들에 공분을 살 텐데요."

이사장은 고개를 끄덕였다.

그는 부정할 수가 없었다.

이건 부정한다고 되는 문제가 아니었다.

의사 집단 전체에서 들고일어나면 도리가 없다.

"…아무래도 센터장의 일본 연수를 앞당겨야겠어. 잠잠해질 때까진. 이 상황을 알아서 그런건지, 아니면 다른 이유가 있는 건지 본인도 그걸 원하더군."

"역시 센터장입니다. 처세술이 대단해요. 허허허허."

병원장은 심각한 오해를 하며 칭찬했다. 다른 과장들도 한시름 놓은 표정이었다.

그때 부원장이 말했다.

"제 생각은 조금 다릅니다. 환자들을 받으시죠. 몇몇 환자만 이도수 센터장이 직접 보고, 나머지는 천하대병원 이름으로 수술하면 되지 않겠습니까? 우리 병원에 이도수 센터장 말고도 훌륭한 신경외과의들이 얼마나 많은데요."

신경외과 과장은 고개를 주억거렸으나.

이사장은 단번에 미간을 찌푸렸다.

"부원장은 욕심이 지나쳐서 자기 무덤을 팔 인사로구만."

"예?"

"환자들은 이도수 센터장한테 수술을 받고 싶은 거야. 센터장이 이번에 보여준 완치술을 기대할 테지. 사람 목숨이 걸린 일이니 얼마나 예민하겠는가?"

"그래도… 너무 아까운 기회입니다."

부원장의 머릿속엔 온통 오성병원을 비롯해 다른 병원을 이용하고 있는 VIP들에 대한 생각뿐이었다.

그들을 모두 천하대병원의 고객으로 만든다면?

그야말로 어마어마한 힘을 가질 수 있을 것이다.

그는 그러한 야심을 숨기지 않았다.

"VIP들은 이도수 센터장이 수술하기로 하고. 나머지는 신경외과에서 전담하면 될 것 같습니다. 아니면 VIP만이라도 받는 것이… 우리가 환자를 거부하면 그들도 유쾌하게 생각하진 않을 겁니다. 환자는 병원과 의사를 선택할 권리가 있으니까요."

"VIP 환자만 말인가?"

이사장은 헛웃음을 뱉었다.

"이도수 센터장이 들었으면 자넨 쫓겨났어."

좌중에서 웃음이 터져 나왔다.

이사장은 아로대학병원 원장을 빗대서 가시 섞인 농담을 던진 것이다.

부원장의 얼굴이 새빨갛게 달아올랐다.

"저는 우리 병원을 위한 충언을 올린 겁니다."

"알겠네."

이사장은 더 들을 가치가 없다는 듯 좌중을 쓸어 보며 매듭을 지었다.

"병원장과 부원장, 각 과장들 모두 각자의 의견이 있을 테지만 이번만큼은 이도수 센터장을 하루빨리 연수 보내는 것으로 결정짓도록 하지. 잠잠해질 때까진 그게 가장 지혜로운 선택이라고 생각되니."

그에 병원장이 우려를 덧붙였다.

"이사장님, 부원장 말처럼 우리가 환자들을 거부하게 되면 적잖은 반발이 따를 수도 있습니다."

"물론 그렇겠지."

수긍한 이사장이 덧붙였다.

"하지만 미리 예정되어 있던 연수를 가는 것뿐이니 그런 명분이라면 환자들도 불만을 토로하지 못할 거야. 이런 상황에서까지 딴지를 거는 환자가 있으면 내가 직접 양해를 구하도록 하지."

제8장

일본에서

　며칠 후.

　도수는 아사다 류타로, 그리고 강미소, 이하연, 나유하와 함께 인천공항에서 출발했다.

　남자 둘, 여자 셋.

　그마저도 한 명은 동일본대학 소속이다.

　도수가 이렇게 여자들 사이에 둘러싸인 것은 결코 의도한 게 아니었다.

　그는 사인만 했고, 근무표를 짠 것은 김광석 교수.

　김광석에 말에 의하면 도수를 가장 잘 보조해 줄 수 있는, 호흡을 가장 많이 맞춰본 수술 보조 강미소. 그리고 수술실

경험이 가장 많은 간호사 이하연. 마지막으로 임옥순 여사의 특별한 부탁에 의해 일본으로 가게 된 나유하를 자연스럽게 포함시킨 것이다.

근무표와 함께 연수 명단을 건넨 김광석은 짧게 덧붙였다.

"아직 동일본에 쓰나미가 들이닥친 지 얼마 안 됐습니다. 어떤 비상 상황이 발생할지 모르니 1차 파견 팀은 최정예로 구성하는 게 맞습니다."

라고.

그럼에도 김광석을 비롯한 교수급 인력이 함께 가지 않는 것은 2차 파견 팀의 팀장 역할을 수행할 사람이 필요하기 때문이다.

나머지 한 명은 병원에 쭉 남아 파견된 사람들의 빈자리를 채우고, 돌아온 사람들에게 그간의 병원 상황을 인수인계해야 하고.

이렇게 결정된 1차 파견 팀은 정작 팀 구성에 신경 쓸 새도 없이 비행기에 타자마자 정신없이 잤다. 그동안 충분히 잠을 못 잤기에 완전히 곯아떨어진 것이다.

언제 환자가 들이닥칠지 모르는 병원에선 무의식중에 긴장을 하곤 하는데 비행기에 타니 긴장이 탁 풀어진 까닭이다.

그들이 잠든 사이.

나리타국제공항까진 약 두 시간이 걸렸다.

두 시간 뒤, 네 사람은 일본에 있었다.

"벌써 도착했나 봐요."

이하연이 강미소를 흔들어 깨우며 말했다.

눈을 뜬 강미소가 길게 하품을 하며 대답했다.

"아우, 아직 피곤한데. 센터장님은요?"

"절 깨우신 게 센터장님이에요."

이하연이 어깨를 으쓱였다.

이 와중에도 도수는 흐트러짐이 없었다.

다소 잠이 덜 깬 표정으로 창문을 바라보고 있을 따름이다.

"역시 철벽."

강미소가 고개를 절레절레 저었다.

한편, 두 사람이 깨기 전부터 창문 밖을 예의 주시 하던 도수는 여간 심각한 얼굴이 아니었다.

"쉽지 않겠군요."

그 말에 아사다 류타로가 고개를 끄덕였다.

"일본은 재난에 익숙한 나라입니다. 그런 나라가 이렇게 될 정도면 어마어마한 재앙이 들이닥쳤다는 뜻이지요."

그는 침착하려 하고 있었지만 목소리가 떨려 나왔다.

당연히, 한국에서 터진 사고 수습에 나섰을 때보다 훨씬 격앙된 모습이었다.

도수는 어깨를 두드렸다.

"그래서 우리가 온 겁니다."

"감사합니다."

아사다 류타로는 공손하게 고개를 숙였다.

그 순간, 유일하게 잠들지 않고 창밖을 주시하고 있던 나유하가 입을 열었다.

"정말 괜찮을까요?"

다른 인원들도 마찬가지로 그녀도 처음이었다. 집과 건물이 도미노처럼 쓰러진 참혹한 광경을 하늘 위에서 내려다보는 것은.

그러나 다른 인원들과 다른 점은.

끔찍한 상황을 숱하게 맞닥뜨렸던 의사가 아닌, 소녀 감성 충만한 여고생이란 점이다.

더구나 곱게 자란 재벌가 외동딸의 인생에 이런 장면이 끼어드는 것을 상상이나 해봤겠는가?

영화나 드라마 속에서 보던 상황을 직접 마주한 그녀의 얼굴이 창백하고 핼쑥하게 질렸다.

그런 그녀를 보며 도수가 말했다.

"도착하면, 서로 챙겨줄 수 없을 만큼 바빠질 겁니다."

"⋯⋯."

나유하는 자존심이 상했다.

도수의 한마디는 '방해가 되지 말라'는 것처럼 들렸기 때문이다.

"전 일본어에 능통해요. 저도 도울게요."

"일본어 할 줄 알아요?"

"오 개 국어 하는데요."

"……!"

도수가 놀란 표정으로 바라보자.

나유하는 콧대가 올라갔다.

"굳이 티 안 낸 것뿐이에요. 어차피 여기 아사다 선생님이
랑 다른 분들 모두 영어로 대화하니까."

제2외국어로 일본어를 선택했다던 강미소만 간간이 일어를
쓸 뿐, 모두 영어를 썼다.

강미소 또한 그리 능통한 편이 아니었기에 나유하의 존재
는 충분한 가치가 있었다.

"…그럼 우리 팀 통역을 맡아주십시오."

"좋아요."

흔쾌히 승낙한 나유하는 천천히 하강하는 비행기 밖으로
시선을 돌렸다.

'무서워.'

문득 두려움이 치밀었다.

처음 일본행을 결정했을 때의 모험심은 직접 맞닥뜨린 공포
뒤에 가려졌다.

무의식적으로 고개를 돌려 도수의 얼굴을 본 그녀는 왠지

담담한 표정의 도수도 비슷한 두려움을 느끼고 있다는 동질
감을 받았다.

그저 그는 내색하지 않는 것뿐이다.

속마음이 들키는 순간 두려움을 인정하는 게 될까 봐.

진짜 공포심을 느끼고 망설이게 될까 봐 그것을 더 두려워
하고 있는 것이다.

'나도 지지 않을 거야.'

이를 꽉 깨무는 나유하.

그녀는 왜 할머니가 일본행을 말리지 않았는지 알 수 있었
다.

할머니는 그런 사람이었다.

자신에게 중요한 존재일수록 더 강해지길 바라고 더 밖으
로 내돌리는.

이건 가족이라도 예외가 아니었다.

*　　　*　　　*

비행기가 착륙하고.

입국 수속까지 마친 뒤 아사다 류타로가 일행을 보며 말했
다.

"밖에 차량이 대기하고 있습니다."

"후아, 벌써부터 실감이 나는데요."

강미소였다.

미처 비행기에서 창밖을 보지 못했던 그녀는 이제야 주위를 둘러보고 있었다.

그녀 말처럼, 나리타국제공항에는 많은 경찰과 구조대 인력이 배치되어 있었다.

그들에게 눈길을 준 아사다 류타로가 고개를 끄덕였다.

"맞습니다. 혹시 모를 사고에 대비해 평소보다 많은 비상 인력이 와 있군요."

"……"

일행이 말이 없자.

도수가 나섰다.

"가시죠. 이러고 있을 시간이 없을 것 같습니다."

그들은 공항 밖으로 나갔다.

대형 세단 한 대가 기다리고 있었다.

아사다 류타로가 보조석에 타며 말했다.

"타시죠. 병원까지 모시겠습니다."

나머지 일행은 서로 자리를 좁혀서 탔다.

부르릉.

차량은 고급 세단임을 증명하듯 부드럽게 출발했다.

아사다 류타로가 운전기사에게 물었다.

"일본 상황은 어떻습니까?"

"처음에는 쓰나미였습니다. 인근 마을이 물에 잠기면서 실종자가 발생했죠. 문제는 그 직후에 지진이 터졌단 겁니다. 지지층이 약해질 대로 약해진 상태에서 일어난 지진이라 내진 설계가 잘된 건물들도 속절없이 무너지면서 피해가 컸습니다."

"……"

끔찍한 상황이었다.

아사다 류타로가 이를 악무는 순간.

운전기사가 다시 입을 열었다.

"전례 없는 대재앙입니다. 재난 대응을 전문으로 하는 NPO(Non Profit Organization: 국가와 시장을 제외한 제3의 비영리 단체)는 물론 전국의 일반 기업들과 병원들에서도 지원을 아끼지 않고 있지만… 그럼에도 수습이 힘들 정도로 사상자가 많은 상태입니다."

"그런 것 같군요."

아사다 류타로가 고개를 끄덕였다.

쩍쩍 갈라진 도로, 기울어진 신호등만 봐도 지진의 여파를 짐작할 수 있었다.

"비행기를 운행하는 게 신기할 따름입니다."

"운행을 재개한 지는 얼마 되지 않았습니다. 비행기가 쓰러질 정도였으니까요."

운을 뗀 운전기사가 말을 이었다.

"그래도 이쪽 사정은 그나마 나은 편입니다. 지진과 쓰나미가 동시에 들이닥친 곳은 모든 교통과 시설이 마비 상태입니다. 구조대나 의료 팀도 위험을 무릅쓰고 접근해야 하는 지경이에요."

"음."

신음을 흘린 아사다 류타로가 말했다.

"최대한 빨리 가주십시오."

"예, 알겠습니다."

운전기사가 속도를 올렸다.

그같은 대화를 나유하의 입을 통해 모두 전달받은 천하대 의료 팀의 얼굴도 굳어져 있었다.

"상황이 생각했던 것보다 훨씬 심각한데요."

이하연이 말했고.

도수가 맞장구를 쳤다.

"우리가 보는 건 뉴스에 나오는 헤드라인 한두 줄과 멀리서 찍은 영상 정도니까요."

고개를 절레절레 저은 강미소가 속삭였다.

"이 모습을 실제로 봐도 일본이 재난에 시달리는 걸 잘됐다고 말하는 사람들이 있을까?"

혼잣말이었으나 팀원들에게는 들렸다.

"……."

그들은 대답하지 못했다.

스쳐 지나가는 광경들을 보고 짐작하건대, 이 모습을 직접

본다면 아무리 일본에 깊은 한을 품은 사람이라도 '잘됐다'는 말은 하지 못할 것이다.

재난이 할퀴고 간 자리.

곳곳에 줄 쳐진 노란색 폴리스 라인과 그곳에서 구조 작전을 펼치고 있는 구조 인력들. 구조되자마자 들것에 실려 움직이는 피해자들. 접근 금지 표시가 붙은 표지판들과 건물이나 집집마다 깨진 유리창. 벽이건 바닥이건 할 것 없이 온갖 곳에 쩍쩍 갈라진 금이 보였고. 오죽하면 고가 다리도 크게 기울어 있었다. 언제든 무너질 것처럼. 그래서인지 그 앞에 크레인이 이 상황을 수습하고 있다.

"세기말 같네요."

강미소가 말했다.

그녀 말처럼 회색빛 하늘과 강풍이 부는 날씨에 더불어 주위 광경은 더욱 음침한 분위기를 풍겨대고 있었다.

그야말로 아포칼립스 영화의 한 장면 같은 것이다.

모두가 할 말을 잃은 사이.

그들이 탄 차는 동일본병원에 도착했다.

일본 최대, 최고의 병원이라던 동일본병원도 재난의 손찌검에선 안전하지 못했다.

"병원 건물도 다시 보수해야겠군요."

아사다 류타로가 말했고.

일행들은 혹시 건물이 무너지진 않을까 불안한 표정으로

들어가야 했다.

이렇게 불안정한 모습임에도.

병원 안은 북적이고 있었다.

재난에 휘말린 환자들이 밀물처럼 들어와 병원을 포화 상태로 만들고 있었고, 의료진들도 바쁘게 뛰어다니고 있었다.

시장 바닥 같은 실내를 한 차례 훑은 아사다 류타로는 가까이에 있는 늙은 의사에게 갔다.

"저 왔습니다."

머리가 하얗게 센 의사가 고개를 돌렸다. 그러고는 주름이 자글자글한 얼굴로 도끼눈을 떴다.

"뭘 하다 이제 돌아와?"

"죄송합니다."

아사다 류타로는 머리를 긁적이더니 한 발 옆으로 비켜서며 일행들을 보여주었다.

"…그래도 이렇게 든든한 지원군을 데려왔다고요."

그를 한 번 쏘아본 노인이 표정을 풀고 도수에게 다가와서 손을 내밀었다.

"동일본병원 병원장 사카구치 소이치로입니다."

"이도수입니다."

"이사장께서 말씀하신 그분이로군요."

사카구치 소이치로가 눈을 빛냈다.

그것도 잠시.

그는 감동을 전하듯 손에 힘을 주며 말했다.

"이렇게 먼 곳까지 와주셔서 감사합니다."

"아사다 선생님께서도 한국에서 있었던 사고 수습 때 도움을 많이 주셨습니다."

"아무리 그래도 연수를 오신 건데 보시다시피 상황이 이러니… 드릴 말씀이 없습니다."

쓸쓸한 미소를 짓는 사카구치 소이치로.

도수는 그가 기다리고 있을 한마디를 꺼냈다.

"상황을 보니 인사는 나중으로 미루는 편이 좋겠습니다. 저희도 바로 환자들을 보겠습니다."

"그래 주시겠습니까?"

"예. 원활하게 진료를 볼 수 있도록 이 부분에 대해 다른 분들에게도 전달해 주십시오."

"물론입니다."

사카구치 소이치로의 대답을 들은 도수는 손을 놓고 팀원들에게 눈짓했다. 그러자 팀원들이 여행 가방을 내려놓고 즉시 행동에 나섰다.

이런 상황을 예측한 듯 불평 한마디 없이 움직이는 팀원들을 보던 사카구치 소이치로가 고개를 숙였다.

"그럼, 부탁드립니다."

살짝 목례한 도수.

그의 시선이 창밖으로 향했다.

회오리바람을 일으키며 내려앉는 헬기들로 향한 것이다.

타타타타타타타타타!

한 기의 헬기가 아니었다.

무려 다섯 기나 됐다.

그의 시선을 좇은 사카구치 소이치로가 말했다.

"…또 환자들이 들어왔나 봅니다."

"어디로 가는 겁니까?"

도수가 묻자.

말뜻을 알아챈 사카구치 소이치로가 대답했다.

"피해가 막심한 인근 지역으로 직접 들어가서 대피소에 물자를 내리고, 응급환자들부터 구출해 오고 있습니다."

고개를 끄덕이는 도수.

그가 말했다.

"저희 팀은 환자 분류만 돕고, 저는 저쪽으로 투입하는 편이 좋을 것 같습니다."

"직접 출동하신다고요?"

"네."

"위험한 일입니다. 어째서 이렇게까지 도와주려 하시는 겁니까?"

"효율적으로 사상자들을 구출하려는 것뿐입니다."

"효율적으로요?"

"예. 환자 분류는 저희 팀원들이 충분히 거들 수 있고, 제가 이쪽에 남으면 할 일은 환자들을 검사하고 진단하고 수술하는 건데 기존 병원 시스템과 충돌이 있을 수 있습니다. 돌아가는 체계도 모르고 누가 어느 과인지 구성원들에 대한 이해도도 낮으니까요."

"아……."

"일단 그걸 파악할 때까진 출동 인력에 쪽에 포함시켜 주십시오."

도수의 시선은 비바람과 헬기 너머에 있었다.

두려움보다 현장에서 발생한 환자를 구하려는 열망이 더 큰 것이다.

아니, 오직 그것만 생각하고 있었다.

그의 한마디, 한마디가 모두 일리 있는 내용이었기에 사카구치 소이치로는 무겁게 입을 열었다.

"…알겠습니다. 그렇게 조치할 터이니 부디 부탁드립니다."

다시 한번 고개를 숙이는 그.

도수 역시 짧게 목례했다.

"바로 움직이겠습니다."

도수는 그 즉시 장비를 받아서 착용했다.

바람막이부터 무전기까지 아로대나 천하대에서 쓰던 장비와는 비교가 안 됐다.

'부럽네.'

위급한 상황에선 이런 장비 하나하나가 제 역할을 하느냐

못 하느냐에 구조 팀과 의료 팀, 환자의 목숨이 모두 달려 있었다.

그가 장비를 입고 있자.

바쁘게 움직이던 이하연이 지나가다 눈을 동그랗게 떴다.

"어디 가세요?"

말투에 불안한 기색이 역력했다.

마찬가지로 초조한 표정의 그녀를 본 도수가 입을 열었다.

"출동 나가려고요."

"저… 우리 관할도 아닌데, 안 나가시면 안 돼요?"

"걱정은 고맙지만, 환자 있는 곳에 의사가 가는 겁니다. 환자는 환자. 인종도 국적도 없어요."

"아……."

이하연은 잠시 고민하다 어렵사리 말을 건넸다.

"이런 말, 재수 없게 들리시겠지만… 비행기에서 악몽을 꿨어요. 꿈자리가 많이 찝찝해요, 센터장님."

"지금 우리가 있는 곳이 악몽 같긴 하죠."

"그게 아니라……."

이하연이 말을 잇지 못하자, 장비를 마저 입은 도수가 그녀의 어깨를 두드리며 말했다.

"불안하고 초조해서 그래요. 저도 전쟁터에 있을 때 매일 밤 악몽을 꾸곤 했습니다."

"그거랑 느낌이 달라요."

이하연은 표현할 말을 찾았다.

"뭔가 불안하다고 해야 하나. 아니, 다 불안하겠지만 앞으로 무슨 일이 일어날 것 같은? 그런 느낌이 들어요."

"여자의 촉은 무시 못 한다던데."

"그러니까요."

"음."

도수는 진짜 신경이 쓰였다. 비행이 목숨을 걸어야 할 정도로 위험한 일이라는 것은 누구나 아는 사실. 미룰 수 있으면 미루고 싶었다.

하지만.

"선택권이 있었다면 안 갔을 겁니다."

"일본 의사들이 대신 가는데 왜……."

"그들도 의사지만 저도 의사니까요. 그리고 우리가 다 간다고 해도 환자 모두를 구할 수 있을지 없을지 모릅니다. 한 사람이라도 더 구해야죠."

느낌이 안 좋은 날에도, 누군가 악몽을 꾼 날에도 비행기 기장은 비행을 하고 트럭 운전수는 운전을 한다. 아닌 사람도 있겠지만 대다수가 그렇다.

도수는 지금 자신이 맡은 소임이 그들이 하는 일보다 위급하다고 느꼈다. 모든 일이 중요하지만 이건 '시간'과 '사람 목숨'을 맞바꾸는 일이다. 더 급할 수밖에 없고, 그래서 도수는 미룰 수 없었다.

그 환자가 일본인이든 한국인이든 도수가 살리고 치료해야 할 대상인 것이다.

이하연은 그 같은 마음을 표정에서부터 읽었다.

'역시……'

마음을 돌릴 수 없을 것 같아서 더 불안했건만.

역시 도수는 마음을 돌리지 않고 있었다.

이유야 어쨌든, 이럴수록 악몽에 대한 꺼림칙함은 더해만 갔다.

"제가 대신 갈게요."

그녀의 용감한 판단에도.

도수는 고개를 저었다.

"이곳에 남으세요. 지시하는 겁니다."

"…따를 수 없다면요?"

"이곳에서 내보낼 겁니다."

"왜 못 가게 하시는 거예요?"

"여기 분들을 도와서 빨리빨리 환자를 분류해 줄 사람이 필요해요. 그리고 혹시라도 응급환자를 싣고 오게 되면 백업을 해줘야 하는데, 그러려면 손발 맞는 백업 인력이 병원에 남아야 합니다."

물론 내심에는 현장이 어떤지도 모르면서 팀원들부터 앞세워 보낼 순 없다는 팀장으로서의 판단도 있었지만, 백업 인력을 위해서라는 합리적인 이유도 있었다.

천하대나 아로대에는 출동 팀을 백업해 줄 의료진이 있었으나 이곳에는 마땅치 않은 것이다.

안 그래도 일본 대학병원 의료진과 손발을 맞추기 위해선 어느 정도 불협화음은 각오해야 할 터. 막상 응급환자가 실려 오면 그렇게 실랑이 벌일 틈이 없으니 백업 인원들이 사전 조율까지 해줘야 한다.

이를 납득한 이하연은 마지못해 입술을 깨물었다.

그녀가 더 이상 설득하지 못하자 도수는 아사다 류타로를 보았다.

"우리 팀원들 좀 돌봐주십시오. 의료 활동 하는 데에 문제없도록."

"물론입니다."

줄곧 눈치로 상황을 파악하던 아사다 류타로는 도수의 행동에 감동을 받았는지 대뜸 손목을 잡으며 말했다.

"감사합니다."

눈이 마주쳤다.

도수는 그의 진심을 읽을 수 있었다.

"당연한 일인데요."

의사가 환자가 있는 곳으로 향하는 건 당연했다.

그러나 아사다 류타로의 관점에선 당연치 못했다.

"웬만한 사람이라면 못 할 일이죠. 정말 용감하십니다."

짧게 미소 지은 도수는 아사다 류타로의 어깨를 두드리곤

밖으로 나갔다.

타타타타타타타!

헬리콥터에서 환자를 내린 구조대원들과 의료 팀이 쉴 틈 없이 다시 헬기에 오르고 있었다.

도수는 그중 가장 가까운 헬리콥터에 가서 외쳤다.

"합류하겠습니다!"

영어를 알아들은 의료진이 도수의 행색을 살피더니 안쪽으로 손짓했다.

"갑시다!"

고개를 끄덕인 도수가 헬리콥터에 올라탔다.

그리고 잠시 후.

헬기들이 한 대, 두 대 하늘로 날아오르기 시작했다.

'훨씬 더 체계적이다.'

일본에 도착한 지 얼마 되지도 않았는데 그런 생각이 계속 들고 있었다.

재난에 신속한 대응을 하는 것은 물론, 목숨이 달린 일에 너도 나도 발 벗고 나선다. 한국에서 선박 사고가 났을 당시 헬리콥터들이든 배든 선착장에서 꼼짝도 안 하던 것과는 천양지차였다.

인정하지 않을 수가 없다.

인정할 부분은 인정해야만 발전을 도모할 수 있다.

하나라도 더 배워 가자고 다짐한 도수가 맞은편에서 구조

장비를 체크하고 있는 의료 팀 인원에게 물었다.

"현장 상황은 어떻습니까?"

"우리 몰골을 보세요! 아주 치열합니다!"

그들의 모습은 선박에서 구출 작전을 하던 의료 팀들과 다를 바 없었다.

대답한 의료 팀 인원의 옆에 앉은 남자가 말했다.

"아주 위험합니다! 정신 똑바로 차려야 해요!"

"전부 응급의학과를 전공한 분들이십니까?"

도수가 묻자 맞은편의 의료 팀은 고개를 저었다.

"아닙니다! 상황이 급박하니 일단 가고 보는 거죠! 응급의학과 전공이십니까?"

"전 이것저것 전공하고 있습니다!"

"이것저것이요?"

"예! 중증 외상, 심장, 뇌, 혈관… 한두 개가 아닙니다!"

"대단하시군요!"

혀를 내두른 의료 팀 인원이 물었다.

"실력은 어떻습니까?"

"쓸 만합니다!"

"아직 젊은 의사인 것 같은데, 현장에 도착하면 최대한 효율적으로 움직여야 합니다! 가망이 없는 환자는 과감하게 포기하고 그 시간에 한 명의 생존자라도 더 구해야 합니다!"

"알겠습니다!"

도수는 순순히 대답했다.

엄밀히 말하면 그들보다 훨씬 더 많은 응급 상황을 겪었을 그였다. 그렇다고 해서 자신이 누군지, 어떤 경험들을 해왔는지 설명하진 않았다.

지금은 그보다 중요한 대화가 있었다.

"재난 지역에 어떤 양상의 환자들이 있는지, 또 그들을 무슨 기준으로 분류해서 어떤 응급처치를 하고 있는지 궁금합니다!"

*　　　　*　　　　*

도수는 비행하는 짧은 시간 동안 어떤 방식으로 구조 작전이 진행되는지 자세히 들을 수 있었다. 다행히 그가 생각했던 것과 큰 차이는 없었다.

그사이.

헬리콥터는 쓰나미가 뒤덮은 마을의 상공으로 진입했다.

"……!"

도수는 눈을 부릅떴다.

라크리마에서도 끔찍한 광경을 많이 봐왔지만 쓰나미는 또 다른 종류의 충격을 선사했다.

라크리마에서 본 장면은 인간이 인간을 대량 학살 하는 장면이다.

직관적으로 악마를 보았다.

반면 자연의 습격으로 인한 대량 학살은 공포를 넘어 장엄하기까지 했다.

"어디로 내려앉습니까?"

헬리콥터가 착륙할 만한 곳이 보이지 않았다.

그러자 반대편에 앉은 의료진이 대답했다.

"착륙은 못 합니다!"

"이런."

구출에 시간 제약이 걸린다는 뜻.

도수가 물었다.

"인근 육지에 착륙한 후에 보트로 진입하면 안 되는 겁니까?"

"우린 이런 재난을 여러 차례 겪어왔습니다! 한 번이 끝이라고 장담할 수 없어요! 두 번, 세 번 후폭풍이 들이닥칠 수 있습니다!"

"아······!"

도수는 수긍할 수밖에 없었다.

2차, 3차로 대형 파도가 들이닥칠 경우 물 위에 떠 있는 모든 것들이 몰살당할 것이다.

그들이 이런 대화를 나누는 와중 헬리콥터가 상공에 멈추었다.

제법 높은 건물의 옥상이었을 곳이 지금은 바닷물에 잠겨

간신히 고개만 내밀고 있었다. 그리고 그 위에 위태롭게 난간에 매달려 구조를 기다리고 있는 사람들.

함께 헬기에 타있던 구조대원이 말했다.

"구출 개시하겠습니다!"

구조대원들은 장비를 착용하고 밧줄을 내렸다. 그러고는 레펠을 타고 내려가 아래 있는 인원들을 구출하기 시작했다.

"위급한 환자를 먼저 올릴 겁니다! 우린 구조대원들이 데려온 사람들이 살아서 병원까지 도착할 수 있도록 조치를 취하면 됩니다!"

도수는 고개를 끄덕였다.

레펠을 탈 수 있다고 해서 구조대원들을 제치고 자신이 나설 생각은 없었다.

잠시 후, 들것에 단단히 고정된 환자 한 명이 구조대원과 함께 올라왔다.

다행히 골절을 제외하면 큰 이상이 보이지 않는 환자였다.

즉시 환자 곁에 붙은 의료진이 응급처치를 시작하자.

구조대원이 말했다.

"큰일입니다!"

고글을 올린 그의 표정은 사색이었다.

불길한 느낌을 받은 의료진이 물었다.

"무슨 일입니까?"

"사실 더 급한 환자가 있는데 이송이 힘들 것 같습니다!"

"이송이 힘들다고요?"

"예! 출혈이 너무 심해서… 움직일 때마다 상처가 벌어집니다!"

"이런……!"

의료진은 눈알을 굴렸다.

내려가서 어떻게든 지혈이라도 하면 병원까지 살길이 열릴지도 몰랐지만 일반인이 단번에 밧줄을 타고 내려가는 건 무리였다.

"혹시 보조해 줄 수 있습니까? 내려가겠습니다!"

"너무 위험합니다!"

구조대원이 세차게 고개를 저었다.

"안 그래도 바람이 많이 부는데 제가 보조한다 해도 중심을 잃고 추락할 위험이 있습니다! 한 명이 당황해서 몸부림치면 보조하는 대원까지 함께 추락할 수도 있고요!"

"이런 젠장!"

의료진은 골절 환자의 환부를 고정시키며 욕설을 내뱉었다.

모두가 절망에 빠진 그때.

결국 도수가 나섰다.

"제가 가겠습니다!"

그는 어느새 레펠을 위한 장비를 착용하고 있었다.

눈을 크게 뜬 구조대원이 물었다.

"방금 못 들으셨습니까? 너무 위험합니다!"

"전 레펠 교육을 받은 응급의학과 소속 의사입니다!"

도수의 말을 들은 의료진들이 화색을 띠었다.

그러나 구조대원은 아니었다.

"교육을 받은 것과 실전은 다릅니다! 특히 이런 바람 부는 날에는……"

도수가 현장 경험이 없다고 여긴 것이다. 그가 어떠한 상황에서 레펠을 타왔는지 알게 된다면 구조대원도 한 수 접어줄 터였다.

그러나 도수는 구차한 설명 대신 밧줄을 단단히 잡으며 외쳤다.

"안 가시면 혼자 가도 되겠습니까?"

"이런… 정말 위험합니다! 어떤 변수가 있을지 몰라요! 그러다 사고라도 나면 제가 책임질 수 없단 말씀을 드리는 겁니다!"

"아래 있는 환자가 더 위험해요! 안 그렇습니까?"

"……"

"여기 있는 사람들 모두 목숨 걸고 온 겁니다! 환자를 구하기 위해서요! 그럼 구해야죠! 안 갈 겁니까?"

도수의 말에 고개를 절레절레 저은 대원이 바짝 붙었다.

"대신 몸에 힘을 푸시고 저한테 의지하십시오."

"그러죠."

도수가 순순히 대답했고.

구조대원은 도수를 껴안은 형태로 밧줄을 잡았다.

"갑니다. 하강!"

탓!

헬기를 박찬 두 사람이 아래로 미끄러져 내려갔다.

쉬이이이이이익!

한데 문득.

구조대원은 그 짧은 순간 전혀 힘이 들어가지 않는다는 것을 깨달았다.

보조하는 게 아니라 딸려가는 느낌이 들 정도로 도수는 능숙했다.

'뭐지?'

의사가 아닌 웬만한 해양 구조대 레펠 대원들의 실력을 보여주고 있는 것이다.

'어떻게 의사가……!'

그러나 너무 순식간이라 묻고 대답할 여유까진 없었다.

제법 바람이 불고 있다는 사실이 믿기지 않을 정도로 부드럽게 옥상 바닥에 착지한 도수가 즉시 장비를 풀며 환자에게 다가갔다.

누가 출혈이 심환 환자인지는, 굳이 자세히 들여다보지 않아도 알 수 있었다.

여러 명의 사람들이 바짝 붙어서 급한 대로 겉옷을 벗어 덧대고 있었으니까.

"의사입니다!"

도수의 말에 그들이 화색을 표했다.

"의사가 왔어! 살았어!"

"조금만 힘내요!"

사람들의 격려 속에.

미미하게 웃으며 고개를 끄덕이는 여자의 안색은 창백하기 그지없었다.

'시간이 많지 않을 것 같은데.'

도수가 사람들을 헤치고 그녀 앞에 다가가 쪼그려 앉았다. 그러고는 천천히 지혈이 전혀 안 되고 있는 젖은 겉옷을 치웠다.

질질.

피가 흐르고 있었다.

구조대원 말처럼 움직이는 자체가 힘들 만큼 상처가 깊었다.

샤아아아아아아.

투시력을 쓰자.

총에 맞은 것처럼 뻥 뚫린 상처들이 보였다.

나사였다.

난간에서 튕겨 나갔는지, 나사 두 개가 옆구리와 겨드랑이 아래쪽을 뚫어버린 것이다.

심지어 한 개의 나사는 아직 몸속에 박혀 있었다.

끔찍한 상황이었지만 총상(銃傷)과 흡사한 이런 상처는 도수의 전문 분야.

그가 가방에서 의료 도구들과 입에 물릴 재갈을 꺼내며 말했다.

"좀 아플 겁니다. 다른 분들은 환자분이 움직이지 못하도록 꽉 잡아주세요."

제9장
구출 작전!

　이노우에 료코는 죽을 맛이었다. 순식간에 마을을 뒤덮은 쓰나미. 지금 이 상황이 악몽이지 현실인지조차 분간이 가지 않았다.

　'이게 어떻게 된 거야?'

　가물가물해 가는 시야.

　그곳에 구조용 헬리콥터와, 그곳에서 떨어져 내리는 구원자들이 보였다.

　구원자의 도착을 환호하는 직장 동료들의 모습도.

　그중 한 사람이 그녀에게 다가오더니 동료들에게 무언가 부탁했다.

곧 동료들이 팔다리를 잡아 움직이지 못하도록 했고.

어마어마한 고통이 엄습했다.

"으으윽⋯⋯."

그녀는 너무 아파서 신음도 제대로 나오지 않았다.

몸을 비틀고 뒤틀며 괴로워할 뿐이었다.

'뭐 하는 거야?'

상처를 헤집는 손길.

비명이라도 지르고 싶었지만.

그럴 기력조차 없었다.

'그만해!'

그러나 그럴수록.

상대의 손은 가차 없이 그녀의 옆구리를 헤집었다.

"⋯⋯!"

고통이 너무 큰 탓일까?

몸에 받은 충격이 의식을 튕겨냈다.

점점 멀어지는 의식.

그녀는 죽음이 코앞에 들이닥쳤음을 직감했다.

'내가 왜 이런 꼴을⋯⋯.'

눈물이 흘렀다.

아파서인지, 서러워서인지 모르겠다.

아니, 정신이 가물가물해지면서 고통도 줄어들었으니 고통 때문은 아닌가.

그런 생각을 하는 찰나.

주르륵.

관자놀이를 타고 눈물이 떨어지며, 방금 전까지 있었던 상황들이 주마등처럼 스쳐 지나갔다.

*   *   *

저 멀리 보이는 헬리콥터 여러 기.

상공에 멈춘 헬기들은 사람들을 구조하고 있었지만, 그들이 갇힌 옥상에 오기까진 제법 시간이 걸릴 것 같았다.

그래서 살길을 궁리했다.

중학교 때까지 수영선수였던 경력을 살려서 반대편에 보이는 보트까지 건너가려 했다.

모두의 목숨이 그녀에게 달린 시점.

난간을 밟고 다이빙을 하려는 순간 사고가 일어났다.

난간이 무너지며 바닥에 박혀 있던 나사가 튀어 오른 것이다.

그다음 눈을 떴을 땐 동료들이 비명을 지르고 있었다.

"피……!"

"빨리 지혈해!"

"료코! 료코, 정신 차려!"

이노우에 료코는 그제야 정신을 번쩍 차렸다. 뜨거운 고통이 아랫배를 엄습했다. 아니, 겨드랑이 아래쪽에도 저미는 통증이 있었다.

"아……."

그녀는 흐르는 피를 보고.

비명을 질렀다.

"아아악!"

그러나 이미 일은 벌어진 후.

어마어마한 출혈량과 꼼짝도 못 할 만큼 깊은 상처.

반대편 보트로 건너가는 건 이미 꿈만 같은 일이 됐고, 이대로라면 금방 죽음이 닥쳐올 것만 같았다.

"아… 아……."

그녀는 말을 잇지 못했다.

그 마음을 아는 걸까?

동료들이 외쳤다.

"정신 차려!"

"료코, 조금만 참아봐!"

그녀는 그 외침에 부응해 이를 악물고 정신을 붙잡았다. 앞길이 구만리인데 이런 곳에서 이런 식으로 죽을 순 없었다. 기필코 살겠다. 그리 마음먹었고, 한참을 버텼다.

그러나.

시간이 갈수록 의지는 약해지고 의식은 희미해졌다.

그렇게 한참.

머릿속이 온통 집에 두고 떠난 가족들. 안위가 걱정되는 가족들로 가득 찼을 때야, 헬기 한 대가 상공에 모습을 드러낸 것이다.

*   *   *

"지혈이 되지 않으니 일차적으로 봉합을 했습니다. 옮길 수 있겠습니까?"

희미한 목소리.

남자 목소리다.

방금 전 그녀의 옆구리를 헤집은 남자의 목소리라는 것을 알게 된 것은 시간이 조금 지나서였다. 그리고 그 사실을 깨닫는 순간, 료코는 팔다리를 허우적대며 몸을 빼려 했다.

"아… 안 돼……!"

"진정하세요."

남자, 도수가 그녀를 진정시켰다.

"전 의삽니다."

능숙한 영어.

료코 역시 해외 영업부 직원이었기에 어렵지 않게 언어를 알아들을 수 있었다. 아니, 이 정도는 수영선수 시절 올림픽을 준비하며 배웠던 영어만으로도 충분히 의사소통이 가능했다.

"아……!"

말을 알아들은 그녀의 몸부림이 잦아들었다.

의사란 한마디.

그 한마디의 파급력은 온통 공포에 물든 사람 한 명을 그곳에서 끄집어내 줄 만큼 강력했다.

"사, 살려주세요."

그녀의 멘트가 바꼈다.

도수의 대답 또한 달라졌다.

"살 수 있습니다."

"저, 정말이에요?"

그녀는 다시 물었다.

"정말이죠?"

"예."

도수는 고개를 끄덕였다.

"지혈은 끝냈으니 너무 걱정 마세요."

"지혈이라니……."

료코는 자신의 옆구리를 보았다.

진짜 피가 멎어 있었다.

'어느새?'

아니, 내가 기절한 지 그렇게 오래 지났나?

그런 의문이 스쳤지만 주위를 의식하고 보니 전혀 오래된 것 같지 않았다.

주변 동료들의 놀란 표정만 봐도 알 수 있었다. 그리고 연이어, 그들이 하는 이야기가 들렸다.

"말도 안 돼……."

"의사들이 꿰매는 건 처음 보는데, 정말 귀신같구먼."

"아냐. 나 예전에 무릎 찢어져서 병원 갔을 땐 한참을 잡아먹었다고."

끄덕끄덕.

동조한 동료가 말했다.

"맞아, 이분 실력이 대단한 것 같은데. 료코, 운이 좋구나. 선생님 잘 만나서 살았다."

그 사실을 깨달은 료코가 부랴부랴 도수에게 말했다.

"저… 감사합니다."

"별말씀을."

그는 대수롭지 않게 넘기며 구조대원들에게 고개를 돌렸다. 그러고는 어느새 이야기가 됐는지 덧붙였다.

"옮겨주세요."

"알겠습니다."

구조대원들이 기다렸다는 듯 그녀를 들것에 실어 레펠에 매달았다. 그러고는 위를 보며 크게 팔을 돌리며 수신호를 보냈다.

그러자.

위에서 들것이 매달린 밧줄을 끌어당기기 시작했다.

천천히 하늘로 솟는 들것과 곁을 지키는 구조대원.

그를 보던 료코가 물었다.

"저, 괜찮은 거예요?"

"예, 괜찮습니다."

구조대원이 희미한 미소를 지으며 말을 이어갔다.

"정말 위험한 상태셨습니다. 그런데 놀랍게도 저 아래 의사 분께서 출혈이 멎도록 봉합을 해주셨어요."

"저… 아래서요?"

료코는 침을 꿀꺽 삼켰다.

살짝 고개만 돌려 내려다보는 것만으로 아찔하기 그지없었다.

떨어지면 어떻게 될 줄 상상이 돼서?

그것도 그거지만, 옥상은 아주 좁은 공간만을 남긴 채 이미 물바다였다.

"왜 의사 선생님은… 올라오지 않으시는 거예요?"

"한 번에 여러 명을 올릴 수가 없습니다."

이곳까지 들어온 헬기는 한 대뿐.

상황을 이해한 료코가 입을 벌렸다.

"아… 그래도……."

"괜찮으실 겁니다. 직접 남으신다고 했어요. 이노우에 씨보다 더 다친 사람은 없지만, 응급처치가 필요한 환자들은 더러 있으니까요. 그리고 아무래도 헬기 안에서보다 아래서 응급처치를 하는 편이 나을 겁니다."

"……."

구조대원은 그렇게 납득을 시켰지만 옥상에서 눈을 떼지 못했다.

'어떻게 이럴 수가 있는 거지?'

일반적인 피부보다 물에 젖은 피부가 꿰매기 더 힘들다. 수축이 되기 때문이다. 말하자면 그냥 솜보다 물먹은 솜을 꿰매기 더 힘든 것과 마찬가지다. 그것뿐만 아니라 옥상 주위는 물바다. 보통 간담이 아니고서야 언제 수장될지 모르는 상황에서 침착하게 환자의 상처를 봉합할 수 있는 의사는 많지 않다.

'대체 어떻게 된 사람이야?'

레펠도 능숙하게 타고 이런 상황에 이성적으로 대처하고 있었다.

재난 지역에 자진해서 들어올 정도로 용감한 의사들은 종종 보아왔지만 본인에게 위험이 닥치는 순간에도 이런 평정심을 보이는 이는 흔치 않았다.

냉철한 판단을 하기는 그보다 더 힘든 일이다.

구조대원은 환자에게 하는 말인지 혼잣말인지 모를 한마디를 중얼거렸다.

"갑자기 나타난 외국인 의사라… 몇 사람은 더 살 수 있을 것 같군요."

                    *   *   *

타타타타타타타!

상공에 멈춰 있는 헬리콥터.

료코를 첫 타자로 올려 보낸 도수는 다른 사람들에게 눈길을 돌렸다.

이노우에 료코보단 나은 편이지만, 그들 역시 혈색이 좋아 보이지 않았다.

"후."

숨을 돌리며 예리한 눈빛으로 한 사람, 한 사람 순서대로 꿰뚫은 도수가 입을 열었다.

"다리 다치신 분 이쪽으로 오세요. 나머지 분들은 아까처럼 꽉 잡아주시고요."

그러자 종아리가 철근에 뚫려 피를 질질 흘리고 있는 남자가 절뚝거리며 다가왔다.

물론 이대로도 헬리콥터로 옮길 수는 있었다.

하지만 기왕 아래 내려온 이상, 아래서 일차적인 처치를 할 수 있는 환자들은 최대한 수습을 해서 올려 보내는 편이 나았다.

아무래도 흔들리는 기체 안에서 응급처치를 하는 것보다야 아래서 하는 편이 수월하기도 하고, 그렇게 일단락해서 올려

보내는 쪽이 위에서 부상이 심한 료코한테 집중하기도 좋았다.

구조대원들이 왔다 갔다 옮기는 시간도 효율적으로 쓸 수 있고.

단지 문제가 있다면 마취는 불가하다.

마취약이 돌 만큼 기다릴 틈도 없을뿐더러 물에 젖으면서 알 수 없는 감염이 생겼을 수도 있었다. 또한 예상보다 넓은 범위에 마취가 되면 환자를 옮기는 데에도 방해가 될 수 있었던 것이다.

이런 속사정이 있었지만.

남자도, 주위 동료들도 묻지 않고 일전 료코의 경우처럼 치료받을 준비를 마쳤다.

이미 앞서 도수의 실력을 보았기에 누구도 토를 달지 않는 것이다.

"자세히 보죠."

도수는 상처를 덮고 있는 헝겊을 풀었다. 이렇게 옷이 가리고 있으면 투시력을 마음대로 쓸 수가 없었다. 그의 투시력은 오직 인체에 반응하기 때문이다.

상처가 드러나는 순간.

샤아아아아아.

도수의 투시력이 발휘됐다.

동시에 상처 부위가 정확히 분별됐다.

'이런.'

철근 주위가 푸르뎅뎅하게 물들어 있었다.

녹슨 철근이 피부 깊숙이 박히는 것과 동시에 주변 조직들을 괴사시키기 시작한 것이다.

"철근부터 제거하고 피부 조직 절제 후 봉합하겠습니다."

원래 봉합까지 할 생각은 없었으나 철근을 제거하고 주변 조직까지 절제하게 되면 출혈이 지금보다 훨씬 더 심해질 수밖에 없었다.

이런 사정이 있었지만 도수는 굳이 설명하지 않았고.

간신히 몇 마디 영어로 내용을 추측한 남자 또한 고개를 세차게 끄덕였다.

"뭐든 해주십시오. 이 지옥에서 살아서 나갈 수만 있다면……."

"알겠습니다."

도수는 꿰뚫린 상처 부위를 소독했다.

콸콸콸콸.

소독약이 흐르자.

남자가 신음을 뱉었다.

"크윽."

그래도 이만하면 잘 참는 것이다.

철근과 종아리를 한쪽씩 잡은 도수가 말했다.

"뽑겠습니다. 다른 분들은 저기 거즈를 이용해서 출혈을 틀어막아 주세요."

도수가 눈짓하자 동료들이 센스 있게 거즈를 가져와서 반응할 준비를 했다.

그리고 마침내.

도수가 철근을 힘껏 당겼다.

파악!

"큭."

남자가 비명을 지르는 동시에.

주변 동료들이 거즈로 피를 막았다.

도수는 다시 한번 소독약을 부으며 다른 손에는 거즈를 들고 한데 섞인 소독약과 피를 지워냈다. 그러자 핏물이 고이듯이 차올랐다가 조금씩 흘러내리고 있는 상처 부위가 눈에 들어왔다.

"꽉 잡아주세요."

동료들이 환자를 잡은 손에 힘을 가하자.

도수는 메스를 꺼내 들었다.

칼날을 보고 화들짝 놀란 환자가 덜덜 떨었다.

"후아, 후아, 후아……."

아무리 준비를 해도 고통은 변치 않게 마련.

도수는 상처 부위를 메스로 쑤셨다.

스으으윽.

"끄아아아악!"

도수의 손놀림에 따라 썩은 부위가 잘려 나갔다. 어디부터 어디까지, 몇 밀리미터 혹은 몇 센티미터 깊이까지 썩어 들어 갔는지 누구라도 알 수 없었겠지만.

도수만은 투시력을 써서 구별하고 있었다.

샤아아아아아아.

깨끗이 썩은 살을 발라낸 도수가 외쳤다.

"거즈!"

그러면서 그 자신도 도려낸 부위를 거즈로 눌렀다.

피는 계속 났지만, 거즈는 일시적으로 출혈량을 감소시키는 역할 정도는 해주었다.

그리고 이내.

봉합침과 봉합사를 꺼내 소독한 도수가 타이를 하려 했다.

그 순간.

쿠구구구구구구구궁!

지축이 흔들리기 시작했다.

흔들.

막 봉합을 시작하려던 손이 바깥쪽으로 튕겨 나갔다.

"젠장."

으드득.

이를 악문 도수는 고개를 돌려 먼 바다를 쳐다봤다.

콰콰콰콰콰콰콰콰!

해안선을 따라 새하얀 기포가 밀려오고 있었다.

속도가 매우 빠르다.

"피신해야 됩니다!"

누군가 외쳤고.

도수는 자기도 모르게 물었다.

"어디로?"

"……."

그의 말을 알아들은 것은 아니지만, 누구도 대답하지 못했다.

주위를 두리번거릴 따름이다.

사방이 난간으로 막힌 옥상.

난간 밖은 물바다였다.

도망칠 곳이 없다.

그 순간.

쉬이이이이이익!

상공에서 구조대원이 로프를 타고 내려왔다.

"저한테 붙으세요! 빨리!"

사람들이 엉겨 붙었다.

그래 봐야 둘이다.

아래 남는 사람만 부상자와 도수까지 다섯.

"선생님 어서……!"

구조대원은 도수를 불렀다.

그러나 도수는 고개를 저었다.

"여자나 가벼운 환자부터."

"……."

"중량으로 봐도 그게 더 유리합니다."

"…다시 오겠습니다."

자신에게 달라붙은 이십 대 여자 둘을 꽉 고정시킨 구조대원이 위로 수신호를 보냈다.

곧 그가 위쪽으로 사라지자.

도수는 다시 환자를 보았다.

"후우."

파도가 밀려들 때까지 기껏해야 일 분 안쪽.

지금처럼 상처가 벌어져 있으면 이 사람은 반드시 죽는다.

사실, 파도에 쓸려간 이상 죽거나 실종될 가능성이 구십 퍼센트 이상이다.

그럼에도 도수는 파도에 쓸려갈 경우를 대비했다.

'항상 각오했던 일이다.'

그는 연기처럼 흩어지려는 각오를 끈덕지게 다졌다. 총탄이 날아드는 전쟁터 한복판에 뛰어들어 부상자들을 치료할 때도, 악천후에 헬리콥터를 타고 환자가 있는 곳으로 향할 때도, 그리고 쓰나미가 덮친 이곳에 올 때도 어느 정도 각오했던 상황이다.

'이하연 선생 악몽이 헛된 건 아니었나 보군.'

여진이 멎은 틈을 타서 손을 놀리던 도수는 피식 웃음이 나왔다.

물론 기뻐서 웃는 것은 아니다.

지금 이 마당에 출동하기 전 이하연이 했던 말이 떠오르다니.

끝이라고 생각하니, 끝까지 최선을 다하겠다는 마음뿐이었다.

슥, 스윽.

그는 출혈이 발생하고 있는 상처를 봉합했다. 종아리를 뚫은 철근을 제거하고 상처를 봉합하는 것은 병원에서 하던 수술에 비하면 그리 힘이 드는 일은 아니었다.

환자 역시 어느 정도 고통을 덜었는지, 어느새 절반쯤 다가온 파도를 보며 말했다.

"다들 고맙습니다. 어서 피하세요."

그러나 그를 붙잡고 있던 남자 둘은 고개를 저었다.

"여자들부터."

"한 사람이라도 더 사는 쪽으로 갑시다."

그들도 도수와 같은 각오를 다진 듯했다.

여자들은 오열하고 있었다.

"과장님, 그래도……."

"감사합니다. 감사합니다……."

그사이 땅에 안착한 구조대원이 자신의 장비를 풀기 시작했다.

그를 보던 여자가 물었다.

"뭐 하시는 거예요?"

"이거 입으십시오."

구조대원은 여자의 몸에 장비를 레펠 장비를 걸쳐주었다.

"위에서 줄을 당길 테니 꽉 잡고 계시면 됩니다."

"아……."

그녀는 말을 잇지 못했다.

구조대원이 고개를 돌리며 다른 여자들을 재촉한 것이다.

"이분한테 매달리세요. 위에서 줄을 당길 때까지 잘 버티셔야 합니다. 매달리시는 즉시 헬기가 이동할 거예요."

…그 역시 각오한 것이다.

언어는 알아들을 수 없어도 행동과 표정에서 그 같은 결의를 읽은 도수가 영어로 말했다.

"환자는 봉합 끝났습니다. 소량의 바닷물이 새어 들어가는 것까지 막을 수는 없겠지만, 살아남아서 다시 치료받을 수 있다면 충분히 완치 가능합니다."

고개를 끄덕인 구조대원이 위에다 수신호를 보냈다.

그러자 위에선 여자들을 끌어 올렸다.

곧 헬리콥터가 이동할 것이다.

그러고 나면 이제 모든 희망은 사라지게 된다.

하나 구조대원은 아무리 열악한 상황에서도 끝까지 희망을 놓지 않아야 하는 것이 사명. 도수 역시 비슷한 사명을 가졌기에, 두 사람은 눈빛을 주고받았다.

깡깡!

난간을 두드린 구조대원이 옥상에 남은 사람들의 이목을
주목시켰다.

그리고 일본어로 말했다.

"여러분 모두 구조대원을 꽉 잡고 계세요. 어떻게든 모두 살
아남읍시다. 구조대원을 믿으면 살아남을 수 있어요."

모두가 알고 있었다.

아무리 슈퍼맨 같은 구조대원들이라 해도 자연의 섭리에는
저항할 수 없음을.

그럼에도 그들은 믿었다.

"네!"

크게 대답하는 사람들.

옥상에 내려와 있던 구조대원이 사람들에게 이제부터 해야
할 일을 설명하는 사이.

그들의 공포를 덜어준 구조대원이 도수에게 다가왔다.

"모시게 돼서 영광입니다."

"저야말로."

그 말을 듣고 억지스러운 미소를 살짝 드러낸 구조대원이
말했다.

"환자만 잘 잡고 계셔주십시오. 선생님은 제가 꽉 잡겠습니
다."

"알겠습니다."

"우린 파도에 저항하지 않을 겁니다. 저런 파도에 저항하는 건 무의미해요. 곧 휩쓸리게 되면 물속에 떠밀려 내려온 쓰레기들이 많을 겁니다. 다칠 수도 있어요. 그래도 참고 버텨야 합니다."

점점 말이 빨라졌다.

"긴장 풀고 심호흡하세요. 제가 '셋'을 외치면 숨 참으시면 됩니다."

그는 '긴장을 풀라'고 하고 있었지만 본인이 더 긴장하고 있었다. 도수는 그 모습이 마치 의사들이 어려운 수술 전에 환자나 보호자에게 '긴장 풀고 마음 편히 가지세요'라고 말하던 것과 비슷하다고 여겨졌다.

'이렇게 신뢰가 안 가는 말이었나?'

그런 생각을 하자 또다시 웃음이 났다.

그리고 어느새.

귀청을 때리는 어마어마한 굉음.

콰아아아아아아아아아아아아!

"셋."

드디어 왔다.

벌써 왔다.

마지막 순간에 그래도 생각나는 얼굴들이 있었다.

라크리마에서의 인연들과 한국에서의 인연들.

한 번 보거나 한 번 통화할 여유라도 있으면 얼마나 좋을까?

평소 바쁘단 이유로 변변한 연락 한 통 못 해왔는데 죽음으로 재회할 것을 예감하니 불쑥 눈시울이 붉어져 왔다.

그러나 그마저도 사치인지.

그들을 향해 거대한 파도가 들이닥쳤다.

*　　　　*　　　　*

마치 악몽을 꾸면서 잠을 설치는 것 같았다.

깜깜한 암흑 속으로 빨려 들어간 도수는 극도의 공포를 느끼며 중간중간 정신을 차렸다.

생존의 희망을 본 것은.

구조대원이 구조대원답게, 쓸려가는 와중에도 주변 기물에 버클을 걸어 떠내려가는 것을 막은 순간이었다.

하지만 도수는 선택해야 했다.

안 그래도 간신히 한 손으로 2인분의 무게를 견디고 있는 구조대원이 더 버티기 힘들어 보였으니.

도수는 자신의 조끼와 환자의 조끼를 연결하고 있는 버클을 풀어버렸다.

콰아아아아아아.

도수가 금세 빨려 들어가자.

"지금 무슨……!"

물 밖에 고개를 내밀고 있던 구조대원의 비명 같은 외침.

하나 두 사람과 도수는 순식간에 멀어지고 말았다.

물살에 휩쓸려 내려가게 된 도수는 전신이 갈가리 찢기는 기분이었다.

소용돌이에 휘말린 것처럼, 혹은 세탁기 속에 들어간 것처럼 몸이 제멋대로 움직이며 여기저기 쓸리고 찔렸다. 당연히 여기저기 살이 터지고 뼈가 겹질렸다.

'윽!'

비명이라고 지르려고 하면 입속으로 순식간에 바닷물이 들어왔다.

일반적인 바닷물이 아니다.

오염된 게 분명한 바닷물.

도수는 최대한 들이마시지 않으려 이를 악물고 물살에 휩쓸려 내려갔다.

쓰나미가 발생한 진원지로부터 움직이는 시속은 팔백 킬로. 항공기가 비행하는 속도에 준한다. 그렇다 보니 위력 또한 수십 톤의 힘을 가진다. 절대 인간이 저항할 수 없는 위력인 것이다.

물론 여기까지 밀려오는 사이 위력이 많이 빠진 쓰나미긴 했지만, 도수는 저항하지 못했다.

콰앙!

어깨가 부딪칠 때면 뼈가 으스러지는 통증을 받고.

촤악!

물건이 스칠 때면 끔찍한 상처가 난 것 같은 느낌을 받는 동시에 구름처럼 핏물이 퍼진다.

목이 졸리듯 숨은 막혀오고.

의식은 점점 멀어진다.

'죽는 건가.'

버틸 대로 버티던 도수가 단념하려는 순간.

호랑이 굴에 들어가도 정신만 차리면 살길이 있다고 하던가?

물속으로 쑥, 손이 들어와 도수의 겨드랑이를 잡아챘다.

"빨리!"

'영어?'

도수는 그 와중에도 상대가 영어로 말하고 있는 것을 알 수 있었다.

촤악!

고개를 내밀고 실눈을 뜬 상태로 상대를 쳐다보자.

따갑고 먹먹한 시야 속으로 푸른 눈에 갈색 머리를 가진 털북숭이 남자가 눈에 들어왔다.

"끔찍하군!"

아마 도수의 상태를 말하는 것일 터.

'그래도… 구출된 건가?'

누군가한테 발견됐다는 사실이.

생존했다는 사실이 그렇게 기쁠 수가 없었다.

물론 기쁨의 눈물을 흘리거나 방방 뛸 만한 기력은 전혀 안 됐지만.

도수를 끌어낸 남자가 동료에게 말했다.

"이봐, 이 자식 얼굴 좀 보라고."

'얼굴?'

다행히도, 얼굴을 다친 기억은 없다.

한데 왜 얼굴에 관심을 가진단 말인가?

'동료들이 벌써 실종 신고라도 한 건가?'

잠시 그런 의문이 들었지만 이내 부정했다. 도수의 실종 소식이 닿고 동료들이 대응할 때쯤이면 이미 죽었을 것이다.

휩쓸려 떠내려가면서도 아직 살아 있다는 건 그리 긴 시간이 소요되지 않았다는 뜻.

도수가 간신히 입을 열어 물었다.

"…누구십니까?"

그 말에 화들짝 놀란 남자가 도수를 내려다봤다. 영어 발음이 너무 능숙해서 놀란 게 아니었다. 도수가 아직 얘길 할 정도로 의식이 깨어 있다는 사실에 도둑놈이 집이라도 털다가 걸린 것처럼 반응한 것이다.

그러나 그는 이내 신색을 되찾았다.

"허허, 대단한 양반이로구만. 당신 얼굴 알고 있소. 이도수 선생 아니오? 아, 대답은 하지 않아도 됩니다. 우리한테 구출됐으니 안심하고 누워계시오."

그렇게 말한 외국인이 다른 누군가를 돌아보며 말했다.

"어이, 진통제 가져와. 상처가 너무 심하군."

이내 그는 도수에게 알약 한 알을 먹였다.

기진맥진한 도수는 알약을 삼킬 수밖에 없었고.

그제야 정신이 좀 들며 남자가 입은 조끼에 프린팅 된 로고가 눈에 들어왔다.

'B&W……?'

브라운 앤 윌리암슨.

이 제약 회사 구호 팀이 동일본 재난 지역에 파견됐다고 듣긴 했다.

한데 우연히 이들에게 구출이 된 것이다.

'…그래서 내 얼굴을 알아봤군.'

도수는 의식이 흐려지는 동시에 반대로 전신에서 느껴지던 고통이 감소하는 것을 체감했다.

온몸이 물먹은 솜처럼 무거웠다.

"후우."

숨을 길게 뱉는 그를 보며 남자가 말했다.

"여기도 병원이나 간이치료 시설은 아니오. 돌아가는 길이 막혀 급한 대로 위급한 부상자들만 모아둔 대피소요. 지금 복용한 약이 임시방편은 될 터이니 얼른 기운 차려서 우릴 좀 도와주시오. 그래야 구조 팀이 올 때까지 한 사람이라도 더 버틸 수 있을 테니……."

그의 목소리가 흐려졌다.

반대로 도수는 의문점이 한참 남아 있었다. 그는 정신이 없는 와중에도 스스로의 몸 상태를 체크했던 것이다.

'다행히 골절은 없다.'

엉망이긴 했지만 운이 좋았다.

충분히 부러질 수 있었던 상황에서조차 도수의 뼈는 버텨주었다.

의외로 강골인 것이다.

'그렇다고 해도……'

단숨에 기운을 차려 이들을 도울 만한 상태는 아니었다. 충분히 엉망인 상태. 그걸 뻔히 알 텐데도 B&W 소속 외국인 남자는 왜 단숨에 기운을 차릴 수 있을 것처럼 얘길 하는지.

또한 그렇게 생각한다면, 도수에게 정확히 어떤 약을 복용시켰는지.

이 모든 것이 의문점이었으나 그보다 중요한 것은 살아남았다는 것. 그리고 지금은 조금이라도 기력을 회복하는 게 먼저라는 점이었다.

지금은 할 수 있는 것이 전무한 상황.

도수는 의문을 접어두고 눈을 감았다. 당장은, 조금 쉬고 싶은 마음뿐이었다.

이 와중에도 한 가지 의문만은 덮어둘 수 없었다.

'그 사람들은 무사히 피신했을까.'

목숨 걸고 헬기로 옮겼던 환자들.

그리고 함께 파도에 휩쓸려 버린 구조대원들과 민간인들.

의식을 잃는 순간에도 그들의 안위에 대한 궁금증만은 버리지 못한 도수였다.

제10장

마이크 휴잇

쏴아아아아아아.

쏴아아아아아아아.

도수는 해변에 있었다.

아름다운 해변이었다.

"여긴……."

따사로운 햇볕.

몸이 노곤하게 녹았다.

얼마 만의 휴식인가?

"쉴 틈이 없긴 했지."

그는 주위를 두리번거렸다.

아무도 없었다.

에메랄드빛 바다를 마주 보는 백사장.

그곳에 파라솔과 누울 곳, 칵테일 한 잔이 기다리고 있을 따름이었다.

홀렁.

옷을 벗어 던진 도수는 그곳에 가서 누웠다.

피식.

웃음이 나왔다.

수영이고 뭐고 눈을 좀 붙이고 싶었다.

푸르른 하늘을 올려다보던 그는 눈을 감았다.

머릿속에 환자 생각을 지우고 수술 생각을 날려 버렸다.

그가 가진 열정과 사명감이 식어서?

아니.

이미 이 공간에 들어왔을 때부터 알고 있기 때문이다.

지금 이 모든 상황들이 꿈이란 것을.

꿈속에서나마 편히 휴식을 취하리라.

다시 깨어나면 움직여야 할 테니.

*　　　　*　　　　*

번쩍.

도수는 눈을 떴다.

꿈에서 쉬었을 뿐인데 피로가 제법 풀려 있었다.

온몸이 찌뿌둥한 가운데 정신은 맑은 현상.

아파서 잠만 자다 보면 이런 현상을 겪는다.

도수 역시 오랜만에 깊은 수면을 취해서 정신이 개운한 것일 테지만 왠지 꿈의 영향이 있는 듯싶기도 했다.

"저기."

도수가 부르자.

서양인 간호사가 고개를 돌렸다.

"아……! 벌써 깨셨어요?"

그녀 역시 B&W의 유니폼을 입고 있었다.

도수가 대답했다.

"네. 어떤 상황인지 알 수 있을까요?"

일어나자마자 상황 파악부터 하려고 든다.

눈을 반짝인 간호사가 다가와서 말했다.

"솔직히 말씀드릴게요. 상당히 비극적인 상황이라."

"예상은 하고 있으니 편히 말씀해 주셔도 됩니다."

"우린 고립됐어요."

"그건 들었어요."

"지금 이틀째 비상식량으로 버티고 있지만 그마저도 거의 다 떨어졌고요."

"……"

"면역력이 떨어진 환자들의 상태도 점점 악화돼서 사망자가 발생하고 있는 상황이에요."

"몇 명 정도 있습니까?"

"처음에는 124명. 지금은 67명이요."

절반으로 줄었다.

한숨을 내쉰 도수가 물었다.

"구조대가 올 때까지 예상 시간은요?"

"한참 넘겼죠. 이미 어디가 육지인지 어디가 바다인지 알수 없는 지경이 됐어요. 이 넓은 곳에서 우릴 찾기란 쉽지 않을 거예요."

"……."

"두 번째 쓰나미가 덮친 후로는 더 그렇게 됐고요."

"문제가 크군요."

"그렇죠. 환자들 건강도 문제이지만 더 큰 문제는 심리 상태예요."

그 순간.

도수는 기이한 느낌을 받았다.

이런 최악의 상황에서 간호사는 지나치게 침착한 모습을 보이고 있었다.

그녀가 말한 환자들의 상태와 너무 다른 표정과 말투라 이질적이기까지 했다.

"간호사님은 괜찮으신 것 같네요."

아주 잠깐 흠칫한 간호사가 금세 미소를 지으며 대답했다.

"…그게 제 직업이니까요. 저까지 흔들리면 다른 환자들이 얼마나 불안하겠어요?"

맞는 말이지만.

단순히 사명감 때문만은 아닌 듯하다.

그녀는 나름 심리 변화를 감추려 시도했지만, 이미 감정을 읽는 것이 습관이 된 도수의 눈을 속일 수는 없었다.

훌륭한 의사란 환자의 건강 상태 이외에 환자나 보호자의 감정 변화도 감지할 수 있어야 하기 때문이다.

그러나 도수는 모른 척하고 물었다.

"저를 구해준 분을 뵙고 싶은데요."

"아! 안 그래도 깨어나시는 대로 얘기해 달라고 지시를 받았어요. 지금 호출할게요. 잠시만 기다려 주세요."

그녀가 도수를 구한 남자를 호출했고, 머잖아 그가 막사 문을 열고 들어왔다.

"몸은 좀 어떠십니까?"

억양을 보니 미국인이다.

"좋습니다."

상체를 일으킨 도수가 짧게 덧붙였다.

"이상할 정도로요."

"하하하. 다행입니다. 전 B&W 소속 마이크 휴잇입니다."

그 역시 지나치게 태연했다.

죽음의 위기에 처한 사람이라곤 믿기지 않을 정도로.

하나 내색하지 않은 도수가 대답했다.

"이도수입니다."

"알고 있습니다. B&W와는 인연이 깊으신 것으로."

"인연이라고 해야 할까요."

"악연이라고 하고 싶진 않군요."

빙그레 웃은 그가 덧붙였다.

"이전에는 어땠을지 모르지만, 이젠 좋은 인연이 된 것 아니겠습니까?"

마이크 휴잇은 돌려 말하고 있었다.

B&W가 네 생명의 은인이 아니냐고.

물론 도수는 굳이 부정할 생각이 없었다. 이 남자가 아니었더라면 자신은 죽었을지 살았을지 알 수 없을 테니까.

"큰 빚을 졌습니다."

"닥터 리라도 같은 일을 하셨을 거라고 생각합니다."

"의사니까요."

"그렇죠. 전 의사입니다."

'의사'는 사람을 구하는 데 대가를 바라지 않아야 한다. 그 말을 돌려서 한 것인데 마이크 휴잇은 의외로 순순히 받아들였다.

해서 도수가 물었다.

"아무래도 이상해서요."

"뭐가 말입니까?"

"제 부상 정도에 비해 지나치게 몸이 편합니다."

"기쁜 일 아니겠습니까?"

"많은 환자들을 수술하다 보니 기적을 믿게 됐습니다. 그렇다고 픽션을 믿는 건 아니죠. 오히려 경계하는 편입니다."

의사라면 그래야 한다.

환자가 일으키는 기적을 믿되 함부로 속단하면 안 된다.

현실을 똑바로 보고 부질없는 기대감에 흔들려선 안 된다.

그런데 지금 도수가 느끼는 통증은 그에게 비현실적인 경계심을 유발하고 있었다.

강한 의심이 깃든 도수의 표정을 빤히 응시하던 마이크 휴잇은 피식 웃으며 고개를 절레절레 저었다.

"보통이 아니신 분이라고 듣긴 했습니다만, 검사를 받아보기도 전에 스스로의 상태를 파악하실 줄은 몰랐습니다."

"검사도 없이 약을 쓰신 것 자체가 의심할 만한 부분이라고 보여집니다만."

"솔직하게 말씀드리죠."

마이크 휴잇이 어깨를 으쓱이며 말했다.

"지금 닥터 리는 B&W의 신약을 복용한 상태십니다."

"신약?"

설마.

도수는 짚이는 구석이 있었다.

그래서 떠봤다.

"마약 성분이 들어 있는 약물이 아닌 이상 이렇게까지 통증을 완화시킬 순 없다고 생각되는군요."

그러나 간호사완 달리 마이크 휴잇은 표정에 변화를 드러내지 않았다. 차라리 간호사를 먼저 떠보고 그를 부를 걸 그랬나, 약간의 미련이 남았다.

그 속내를 모르는 마이크 휴잇이 말했다.

"맞는 말씀이십니다. 그러니 B&W의 새로운 신약이 신통한 것이지요. 마약 성분 없이도 그만한 효과를 낼 수 있으니까요. 심지어 빠른 회복을 도모할 수 있습니다."

"빠른 회복이라."

중얼거린 도수가 물었다.

"부작용은요?"

"시판을 앞두고 있습니다. 이미 실험적인 단계에선 검증이 끝난 상태예요."

이렇게 말하면 더 파고들 수 없다.

어쨌든 그 덕분에 목숨을 구했는데 명확한 증거도 없이 부작용을 따지고 들어봐야 아무것도 알아낼 수 없을 테니.

"……"

도수는 말없이 자신의 몸을 관찰했다.

아무리 온 신경을 집중해도 이상한 점을 느낄 순 없었다.

그래서 더 가슴이 철렁했다.

'역시… 심장 성형제거나, 심장 성형제의 성분이 들어간 신

약이다.'

그렇지 않은 다음에야 이런 비상식적인 효험을 보일 순 없다.

심장 성형제를 복용한 엄승진이 말하길, 심장 성형제에 들어가는 마약으로 추정되는 약물을 복용하고 한동안 아무런 증상을 느끼지 못했다고 했다.

대신 더 큰 부작용이 생겼지만.

이를 증명할 수단이 없는 상황이었다.

'빌어먹을.'

도수는 미간을 찌푸렸다.

자꾸 B&W와 연관되는 길로 이끌리고 있었다.

이렇게 된 이상, 찜찜해서라도 B&W의 비밀을 밝혀내지 않으면 편히 발 뻗고 잘 수 없게 됐다.

비록 당장 심장이 녹아내리진 않겠지만 언제고 심장에 손상을 줄 수 있을 정도로 강력한 성분이라면 몸에 좋을 리 없기 때문이다.

더욱이 마약 성분이라면 강한 중독성을 동반할 터.

최악의 경우 진통 효과를 줄이기 위해 마약을 복용하는 기간 동안 만성이 돼서 끊지 못하게 될지도 몰랐다.

마약 성분이 들어간 약물의 무서운 점은 복용 후 일정 기간이 지날 시 중독성으로 인해 지속적으로 찾게 되고, 무서운 부작용을 겪게 된다는 것이었으니까.

'이러면 진흙탕 싸움이 될 수밖에 없는데.'

물론 이점은 있었다.

긍정적인 상황이라고 보긴 어려웠지만 남의 몸을 통해서가 아닌 자신이 직접 B&W의 약물 반응을 관찰할 수 있을 터였다.

이런 생각을 하던 도수는 속내를 감추고 평정심을 유지했다. 그리고 냉철한 판단하에 대답했다.

"불안하긴 하지만 믿어보죠."

"감사합니다."

마이크 휴잇이 자리에서 일어나며 물었다.

"움직이실 수 있으시겠습니까?"

고개를 끄덕인 도수가 몸을 일으켰다.

역시, 이상할 정도로 컨디션이 괜찮았다.

"움직일 수 있습니다."

그 말에 마이크 휴잇이 빙그레 미소를 지었다.

"좋습니다. 그럼 저와 함께 환자들을 보러 가시죠."

"아, 한 가지 궁금한 점."

도수의 말에 막사를 나가려던 마이크 휴잇이 고개를 돌렸다.

그런 그를 보며 도수가 물었다.

"환자들도 신약을 복용했습니까?"

"……."

잠시 그를 응시하던 마이크 휴잇이 고개를 끄덕였다.

"물론입니다. 하지만 이것도 어디까지나 한계가 있기 때문에 죽을 사람을 살리진 못했습니다. 부상이 심한 사람들도 여전히 힘들어하고 있고요. 그 환자들을 함께 봐주셨으면 합니다."

"……."

"최고지 않습니까."

도수의 수술 실력은 이미 널리 알려져 있었다. 당사자만 완전히 실감하지 못하고 있을 뿐, 그는 이미 의학계의 슈퍼스타였다.

본의 아니게 칭찬을 들은 도수가 걸음을 떼며 대답했다.

"…그러죠."

*　　　*　　　*

밖으로 나가자 참혹한 광경이 펼쳐졌다.

방금 전 막사 안의 평화와는 상반되는 현장이었다.

대부분이 쓰나미에 휩쓸리는 과정에서 다친 부상자들인지 외상이 심했다.

한 환자 앞에 도달해서 고개를 돌린 마이크 휴잇이 물었다.

"어떻습니까?"

도수는 우두커니 서서 환자에게 투시력을 사용했다.

샤아아아아아아아아.

그의 몸속이 한눈에 들어오고.

도수가 짧게 대답했다.

"응급수술을 해야 할 것 같습니다."

이 환자 말고도 응급수술이 필요한 환자들이 다수 있었다.

하지만 그것은 한눈에 봐도 알 수 있는 사실이기에 굳이 입에 담지 않았다.

중요한 것은 지금 당장 응급수술이 필요한 순서로 줄을 세우면, 이 환자가 첫 번째라는 점이었다.

즉 마이크 휴잇이 잘 본 셈이다.

"알겠습니다. 즉시 수술 준비하도록 지시하죠."

도수는 새삼스러운 눈길로 그를 봤다.

단지 가만히 서서 쳐다보는 것만으로 진단을 내렸는데 아무 의심도 품지 않다니.

이상해도 한참 이상하다.

마이크 휴잇이 그 시선을 느꼈는지 눈치껏 대답했다.

"닥터 리에 대해 관심이 있는 사람이라면 모두가 알고 있죠. 검사 없이도 기가 막히게 환자의 상태를 파악하시는 걸로… 제가 아직 완쾌되지도 않은 닥터 리를 여기로 모신 건, 마땅한 검사 기계도 없는 곳에서 환자의 문제점을 파악하고 수술에 들어갈 수 있는 유일한 분이기 때문입니다."

도수는 더 묻지 않고 고개를 끄덕였다.

'B&W도 나를 주시하고 있었다.'

매디 보웬의 말이 정확했다.

도수가 B&W를 의식하는 것처럼, B&W 역시 그를 주의 깊게 지켜보고 있었다는 뜻.

어쩌면 그가 생각하는 것보다도 B&W가 자신에 대해 잘 알고 있을 것이라는 생각이 들었다.

'좋지 않아.'

B&W에서 정말 심장 성형제로 장난을 쳤다면, 그야말로 배수의 진을 치고 있는 괴물이나 다름없다. 그 이상 무슨 천인공노할 짓을 저질러도 이상하지 않다는 의미.

B&W의 시선을 대신하는 대리인으로서 마이크 휴잇이 말했다.

"저도 수술에 참가해도 되겠습니까?"

잠시 고민하던 도수가 물었다.

"전공이?"

"저 역시 외상 외과입니다. 그러니 재난 지역에 구호 팀장으로 온 것이지요."

구호 팀장이었나.

고개를 끄덕인 도수가 말했다.

"어시스트를 서주십시오."

아마 팀장급이라면 실력은 의심할 필요가 없을 것이다. 설령 도수의 실력을 바로 옆에서 지켜보고 B&W에 어떤 내용을 보고한다 하더라도 개의치 않았다. 찝찝한 기분이 들지 않는 것은 아니었으나, 당장 중요한 일은 환자를 살리는 것.

도수는 이런 때일수록 복잡한 생각을 버리고 본분에 충실했다.

"잘 부탁드립니다."

"물론입니다."

마이크 휴잇은 무슨 생각인지 알기 힘든 표정 그대로 미소 지었다.

*　　*　　*

마이크 휴잇은 도수가 부탁한 대로 착착 수술 준비를 진행했다.

임시로 간이 수술실을 만들고 수술 도구들을 들여놓은 것이다.

무균 수술실까진 아니었으나 제법 그럴듯했다.

그때, 간호사 샤론 카퍼렐리가 물어왔다.

"마이크, 괜찮겠어요?"

"뭐가?"

"그에게 수술시킨 걸 알면 본사에서 가만있지 않을 거예요."

마이크 휴잇은 표정을 미묘하게 비틀었다.

샤론 카퍼렐리의 우려가 빗나갈 것 같지 않았기 때문이다.

안 그래도 근래 다시 한번 영웅으로 명성을 떨치며 B&W의 골칫거리로 자라나고 있는 도수다.

순항하고 있는 B&W의 암초.

그것이 B&W의 판단이었다.

허나 마이크 휴잇에게는 B&W에 대한 충성심보다 더 중요한 것이 있었다.

"샤론, 여기 있는 몇 사람만 입을 닫으면 이 사실이 알려질 일은 없을 것 같은데."

"환자들이 있잖아요?"

"닥터 리가 수술을 강행했다고 하면 될 일이야."

"아……."

확실히.

그렇게 되면 마이크 휴잇이 권한 것이 아닌 게 된다.

초조한지 입술을 축인 샤론 카퍼렐리가 물었다.

"꼭 그렇게까지 할 필요가 있을까요? 환자들의 증상은 마이크, 당신도 대부분 파악하고 있잖아요? 직접 수술할 자신도 있을 테고요."

"그래."

마이크 휴잇은 부정하지 않고 웃었다. 그는 B&W에 용병 같은 개념으로 들어갔음에도 불구하고 구호 팀장을 맡을 만큼 실력이 출중했다.

그러나 그건 그거고, 마이크 휴잇의 목적은 환자의 치유가 아니었다. 도수가 환자를 '어떻게' 치료하는지… 그 과정이 궁금했다.

"샤론, 자네 말도 틀린 건 아니지만 나를 알고 적을 알아야 백전백승이라고 했어. 닥터 리의 수술법을 내 눈으로 보고 판단하지."

"뭘 판단해요?"

"정말 회사에서 신경 쓸 만한 가치가 있는 존재인지."

"아직도 판단이 안 서신 거예요?"

"난 내가 본 것만 믿어. 특히 닥터 리에 대한 소문은 워낙 믿기 힘든 것들이 많아서."

"하긴……."

샤론 카퍼렐리도 여러 가지 의구심을 지닌 상태였다. 아니, 도수의 수술법을 접한 외과 소속 의료인이라면 누구나 같은 의문을 품을 것이다.

'정말 소문만큼 수술을 잘할까?'

소문이란 입에서 입을 통하다 보면 어느 정도 부풀려지게 마련.

샤론 카퍼렐리 또한 새삼 궁금해졌다.

"기왕 이렇게 된 거, 저도 한번 보고 싶네요."

"보게 될 거야."

그렇게 중얼거린 마이크 휴잇은 예의 그 뜻 모를 미소를 보였다.

'부디 소문이 사실이었으면 좋겠군.'

그가 B&W의 일을 돕는 데는 피치 못할 이유가 있었다.

부와 명예를 모두 가진 그가 굳이 병원을 떠나 이 일을 시작한 이유.

바로 심장 성형제 때문이었다.

하나뿐인 그의 외동딸. 아내와 사별한 뒤 유일하게 남은 삶의 희망. 그 아이는 하필 확장성 심근병증을 앓고 있었고, 아직은 증상이 본격적으로 나타나지 않은 상태였다.

증상이 나타나기 시작하면 사망할 확률이 크기 때문에 그 전에 고쳐야 하는 상황.

B&W에서 심장 성형제를 만든다는 소식을 들었고.

그 약을 구하려던 시점에 B&W에 스카우트 제안을 받았다.

회사에 대한 모든 비밀을 지킬 것을 맹세하고 구호 팀에 소속되어 B&W 신약 배포에 힘쓸 것을 약속했다.

그 대가로, 심장 성형제와 부작용 억제제를 제공받을 수 있었다.

억제제만 있으면 심장 성형제는 평생 문제를 일으키지 않을 테고.

딸을 치료할 수 있을 테니까.

천사 같은 딸아이를 살릴 수만 있다면 그 자신은 쓰레기든 악마든 무엇이라도 될 각오가 되어 있었다.

그런 와중에 도수의 소식을 들었다. 확장성 심근병증을 수술적 방법을 써서 치료했다는 소식.

예후는 호전적이라고 했으나 부작용에 대한 것은 아직 알 수 없었다.

아니, 도수가 그 수술을 매번 성공할 만한 실력을 가졌는지도 의문이었다.

의사에게는 수술이 필요한 환자가 끊이지 않지만, 정작 환자한테는 목숨을 건 수술이 한 번뿐이기 때문이다. 단번에 성공해야 한다.

그렇기에 마이크 휴잇은 알아볼 필요가 있었다.

도수가 우연에 기대 기적적으로 단 한 번의 대수술을 성공했던 건지.

아니면 정말 그런 수술을 척척 해낼 만큼 뛰어난 실력을 가졌는지.

마이크 휴잇은 도수에 대해 조사를 했을 뿐 그를 이런 식으로 만나리라곤 예상치 못했으나, 만난 이상 직접 볼 요량이었다.

도수의 실력을.

'제발 그만한 실력을 가졌길 바란다.'

항상 웃고 있어도 속내는 새카맣게 타들어가고 있는 마이크 휴잇은 진심으로 기도했다.

　두 사람이 간이 수술실에서 대화를 나누는 사이.

　손을 마사지하던 도수는 몸의 변화를 감지했다.

　'어처구니가 없군.'

　결코 가볍지 않은 부상을 입은 게 확실한데.

　처음 깨어났을 때와 지금 컨디션은 또 달랐다.

　아까보다 점점 더 컨디션이 업되고 있는 것이다.

　'각성 효과.'

　한데 일반적인 각성 효과와는 조금 달랐다.

　도수야 심장 성형제 성분에 마약이 들어갔을 수도 있다는 추정을 하고 있으니 의심을 하는 것이지만 다른 이들이라면 마약을 해본 사람도 쉽게 마약을 떠올릴 수 있을 것 같지 않았다.

　'몸이 이상 증세를 보이면서 각성하는 게 아니라… 정말 몸이 좋아지고 있는 느낌이라니.'

　실제로 운동을 하고 난 직후처럼 몸이 가볍고 기분도 삼삼해졌다.

　한 번 복용한 것만으로 이런 효과를 낸다?

　실로 무서운 약물이었다.

　'이게 심장이 녹아내리게 하는 마약 성분으로 인한 효과라면, 끔찍한 일이 벌어질 거야.'

일반적인 환자들 중에는 자신의 느낌을 맹신하는 환자가 많았다.

특히 확장성 심근병증처럼 특별한 치료법이 없는 경우에는 더더욱.

매번 검사를 받을 수도 없는 노릇이고, 검사를 받는다 해도 이상 반응이 나오지 않는다면?

이 약물을 맹신하지 않을 수 없을 것이다.

도수마저도 자신이 복용한 약이 정말 부작용을 동반한 신약이 맞는 걸까 의심이 들 정도이니.

'당장 고민한다고 해결될 일이 아니다.'

도수는 고개를 저었다.

지금은 간이 수술실에서 기다리고 있는 환자에게 집중할 때였다.

결코 가볍지 않은 부상을 입은 환자이므로.

바짝 긴장해도 모자랄 판이다.

또한 환자도, 도수 자신도 알 수 없는 약물로 인해 일시적으로 고통을 감소시키고 있는 상황이었기에 언제 어느 때 몸에 이상 반응이 올지도 알 수 없었다.

그야말로 변수투성이인 것이다.

'집중하자.'

손 소독을 마친 도수는 타월로 물기를 닦고 머릿속에 오늘 수술할 과정들을 그리며 수술실로 들어갔다.

"준비 끝났습니다."

마이크 휴잇이었다.

그는 환자를 보며 덧붙였다.

"일단 겉보기엔 안정적으로 보입니다."

"그런 것 같군요."

대답한 도수는 투시력을 써서 직접 확인했다.

샤아아아아아아아.

투시력이 발휘되고.

환자의 내부가 눈에 들어왔다.

철근이 옆구리 살을 찢고 늑골을 부러뜨리고 폐까지 뚫었다.

지금은 철근을 제거하고 수술 패드로 감아둔 상태였다.

그러나 출혈은 멈추지 않고 계속됐고.

지금은 몸에서 피가 많이 빠진 상태였다.

"이 정도면 폐가 손상됐을 것 같습니다."

도수가 돌려 말하자.

마이크 휴잇이 고개를 끄덕였다.

"저도 그렇게 추측했지만 바로 수술할 수 없는 상황이었습니다. 그래서 시간을 벌기 위해 지혈만 해둔 상태고요."

"시작하죠, 켈리."

턱.

수술이 시작됐다.

서걱, 서걱, 서걱……

패킹해 둔 패드를 잘라낸 도수의 손이 빠르게 움직였다. 그
와 동시에 쉴 틈 없이 입이 열렸다 닫혔다.

"칼."

턱.

"포셉."

척.

"클램프."

찌걱, 찌걱.

"보비."

치이이이이익.

도구를 바꿔가며 순식간에 옆구리 속을 파고드는 도수의
모습을 보던 마이크 휴잇은 저절로 머릿속에 감탄을 떠올렸
다.

'빠르다.'

그것도 지나치게 빠르다.

지금의 도수는 속도를 극한까지 끌어올린 상태였다.

방금 전 복용한 신약이 어떤 증상을 일으킬지 알 수 없었
기 때문이다.

자기도 모르는 새 감각을 떨어뜨릴 수도, 투시력과 상호 반
응을 일으켜 수술에 지장을 줄 수도 있었다.

그렇기에 할 수 있는 만큼 최대한 빠르게 수술을 마무리할

작정이었다.

샤아아아아아아아아아.

투시력은 점점 더 강도를 더해갔다.

"칼."

턱.

도수는 복부 속에 엉망으로 틀어박힌 뼛조각을 들어낸 후 혈관과 장기들을 비집고 폐의 손상된 조직을 절제했다.

서걱, 서걱.

주변 장기들, 혈관, 근육을 미끄러지듯 파고드는 교묘한 움직임.

그야말로 뱀처럼 부드러운 손놀림이었다.

"맙소사……!"

샤론 카퍼렐리가 마이크 휴잇 곁에 서서 감탄했다. 그녀 역시 직접 보고도 믿기지 않는 것이다.

'누가 축구를 잘한다'는 말을 듣는 것과, 축구선수의 플레이를 함께 운동장에 나가서 보는 것은 다를 수밖에 없기 때문이다.

지금이 딱 그랬다.

무슨 상상을 했든 그 이상이었다.

"도가 텄네요."

샤론 카퍼렐리의 말을 한 귀로 흘린 마이크 휴잇이 도수에게 말했다.

"이래선 제가 할 일이 없겠습니다."

"수술 부위를 고정시켜 주시는 것만으로 충분히 도움이 됩니다. 그리고 이 환자가 끝이 아니잖아요."

"…얼마 정도 걸리겠습니까? 환자와 환자 사이에 몇 분 정도 간격을 둬야 할지."

"필요 없습니다."

"예?"

"릴레이 식으로 진행하려 합니다."

환자 한 명을 수술한 즉시 준비만 하고 다음 환자를 받겠단 뜻.

'미친 건가?'

마이크 휴잇은 선뜻 이해가 가지 않았다.

그래, 수술 실력이 대단한 것은 잠깐만 봐도 알 수 있다.

그러나 이렇게 어려운 수술을 잘해낼수록 집중력은 그만큼 많이 소모되게 마련이다.

극도의 집중력을 요하는 수술.

기계처럼 뚝딱, 뚝딱 찍어내듯 환자를 고칠 수 있는 게 아니란 뜻이다.

한데 도수는 바로바로 환자를 받겠다고 했다. 그것도 쉽지 않은 중증 외상 환자들을.

"무리가 되지 않겠습니까?"

그 말에 도수가 대답했다.

"큰 차이는 없을 겁니다."

마이크 휴잇은 상상도 못 할 것이다. 이미 천하대 응급외상 센터 인력들은 극심한 인력난에 시달려 잠시도 쉬지 못하고 바로바로 수술을 해왔다는 것을.

이보다 더 심한 외상 환자들이 쉴 틈 없이 밀려들었을 때도 있었다.

정말 바쁠 땐 24시간 동안 한숨도 못 자고 대기 아니면 수술하며 보내야 했던 나날들.

초과근무가 당연한 환경.

그런 반면 끊임없이 밀려드는 환자.

살 수 있는 환자를 한 명도 놓치지 않기 위해 일분일초를 아껴가며 시간에 쫓기고 고군분투해야 하는 입장을 마이크 휴잇이 알 리 없었다.

그래서 그는 입이 벌어질 수밖에 없었다.

'대체 뭐야? 집중력을 잃지 않을 자신이 있는 건가?'

엄연히 말하면 도수는 지금 푹 잤고 이상한 신약까지 먹은 상태라 오랜만에 컨디션이 팔십 퍼센트 이상 올라 있었다.

잠도 못 잘 정도로 환자가 물밀듯 들이닥쳤을 땐 이십 퍼센트 미만의 컨디션을 짜내가며 수술했던 적이 다반사.

따라서 지금은 투시력을 들이부으며 환자들을 줄줄이 수술할 자신이 있었다.

"타이."

그 말에 모두가 놀랐다.

'벌써······.'

손상된 폐 조직을 제거하고 봉합을 앞둔 것이다.

그야말로 순식간에.

처음 호흡을 맞추는 간호사 샤론 카퍼렐리는 그의 속도를 쫓아가는 것만으로도 벅차고 숨찼다.

'이 괴물은 뭐야?'

그런 생각을 하면서도 바늘과 실을 건네자.

봉합침과 봉합사를 받은 도수의 손이 좁은 궤적 안에서 춤을 추기 시작했다.

슥, 스윽.

"와."

샤론 카퍼렐리는 자기도 모르게 신음과도 같은 감탄사를 뱉었다.

넋이 나간 것은 마이크 휴잇도 마찬가지였다.

'이렇게 손이 빠르다니.'

단연코, 간단치 않은 수술을 이토록 간단하게 하는 존재는 처음이었다.

도수의 손에서 눈을 떼지 못하는 마이크 휴잇은 점점 그의 실력에 빠져들고 있었다.

*　　　*　　　*

마이크 휴잇은 믿기 힘들었다.

철근에 옆구리가 찔려 폐까지 손상된 환자를 간단히 수술해 내다니.

외상 외과 전공의 써전인 그이기에 더 와닿았다.

'말도 안 돼.'

하지만 그건.

시작에 불과했다.

비장이 파열되고 간이 부서진 환자.

그 외에도 장기나 혈관이 손상된 환자들을 척척 수술했다.

'닥터 리한테 맡기길 잘했어.'

그런 생각이 절로 들었다.

하나를 보면 열을 안다.

도수의 손놀림만 봐도 그가 얼마나 뛰어난 써전인지 느낄수 있었다.

"보비."

턱.

"켈리."

서걱, 서걱.

순식간에 의료 도구들이 바뀌며 끔찍했던 환자들의 상처가 가지런하게 정리됐다.

장기, 혈관만이 아니었다.

정형외과에서 담당하는 뼈.

그리고 신경외과 파트인 신경에 문제가 생긴 환자까지.

도수는 여러 파트를 넘나들며 수술에 임했다.

'역사상 이렇게 다양한 방면에 두각을 드러냈던 써전이 있었던가?'

마이크 휴잇은 감탄을 금치 못했다.

분명 오늘 이 순간이 되기까진 소문이 과장됐다고 여겨왔다. 상식적으로 바라봤을 때 도수의 존재가 규격 외의 케이스였으니까. 그의 수술 실력도 여론의 바람을 받아 많이 불려졌다고 생각할 수밖에 없었다.

'그런데 이건⋯⋯.'

소문은 그저 소문일 뿐.

소문은 약과였다.

직접 본 도수의 실력은 소문을 한참 뛰어넘는 경지였다.

왜 그 정도만 알려졌는지 의아할 만큼 차이가 심했다.

'게다가 검사도 하지 않은 상태의 환자를 자유자재로 수술하고 있어. 현대 의학조차 따라잡을 수 없는 수준의 감각을 가진 외과의라.'

투시력을 모르는 그는 모든 것을 '감각'으로 치부했다. 하긴, 그렇게밖에 생각할 수 없는 것이 마이크 휴잇의 입장이었다.

그는 입을 쩍 벌린 채 도수의 손끝을 눈으로 좇았다. 뿐만 아니라 마치 블랙홀에 빨려 들어가듯 빠져들었다.

슥, 스윽.

마이크 휴잇이 봐왔던 어떤 외과의도 따라잡기 힘든 정교함과 속도.

도수의 손놀림은 두 가지 써전의 판단 가치를 자동 탑재하고 있었다.

일반적인 외과의들의 손놀림이 마치 죽은 물고기 같다면, 도수의 손놀림은 펄떡펄떡 살아 움직이는 활어(活魚) 그 자체였다.

감탄을 넘어 감동이 느껴질 지경이다.

따라서 마이크 휴잇의 심장도 함께 뛰었다.

두근, 두근.

'어쩌면.'

딸아이의 얼굴이 뇌리를 스쳤다.

'이자라면…….'

완치해 줄 수 있을지도 모른다.

지금은 B&W에 의지할 수밖에 없는 상황이지만, 도수라면 그 질긴 악연의 끈을 잘라줄 수 있을지도 모른다.

도수가 결정적인 유명세를 얻은 것은 심장 성형술이란 신종 수술법으로 임옥순 여사를 살린 후.

그 사실만은 팩트고, 도수의 솜씨를 직접 보니 그저 행운에 기대어 이룬 결과는 아닌 듯했다.

딸아이를 살릴 수 있다는 기대감이 생기자 절로 긴장이

됐다.

"후……."

웃음기가 가신 마이크 휴잇의 얼굴.

그 얼굴을 훔쳐보던 샤론 카퍼렐리는 가슴이 철렁 내려앉았다.

'설마?'

그녀는 오래도록 마이크 휴잇과 손발을 맞춰온 한 팀.

그래서 B&W의 이번 프로젝트에도 그를 따라 가담한 것이다.

그런 그녀가 보기에 지금 마이크 휴잇은 기대를 품고 있었다.

B&W에서 심장 성형제를 받았을 때도 지금과 같은 표정과 눈빛을 하고 있었으므로.

'설마… B&W를 떠나시려는 건가?'

그동안.

두 사람은 B&W의 일을 처리하면서 굉장히 큰 스트레스를 받아왔다. 의료인으로서 달가울 만한 일들이 아니었기 때문이다.

그럼에도 샤론 카퍼렐리는 기쁨보단 불안감을 느꼈다. B&W의 힘이 얼마나 강대한지 잘 아는 그녀이기에. 한국의 일개 써전인 도수보단 B&W가 더 신경이 쓰이는 그녀였다.

　　　　*　　　　*　　　　*

　두 사람이 이런 생각을 하는 사이.

　그 사실을 꿈에도 모르는 도수는 오로지 수술에 집중하고
있었다.

　"컷."

　툭!

　실밥이 잘려 나갔다.

　고개를 든 도수가 말했다.

　"수고하셨습니다. 다음 환자 보죠."

　쉴 틈이 없었다.

　마이크 휴잇의 눈치를 보던 중 화들짝 깬 샤론 카퍼렐리가
대답했다.

　"예……!"

　"그리고."

　도수가 그녀를 향해 칼같이 지적했다.

　"좀 더 긴장해 주세요. 연달아 환자를 받느라 피곤한 건 알
지만, 집중력이 떨어지면 안 됩니다."

　"…예, 죄송합니다."

　고개를 숙여 보인 샤론 카퍼렐리가 막사 밖에서 다음 환자
를 데리러 갔다.

　그 틈에 소독을 하는 도수를 빤히 응시하던 마이크 휴잇이

그 자신도 손을 소독하며 물었다

"궁금한 게 많을 것 같은데."

도수는 의외였다. 그가 먼저 이런 말을 던질 줄은 몰랐기 때문이다.

"맞습니다."

"왜 아무것도 묻지 않습니까?"

"물어보면 대답해 주실 겁니까?"

"……."

침묵을 지키던 마이크 휴잇은 다시 한번 도수의 예상 밖으로 달아났다.

"얘길 해줘야겠다고 마음을 먹었습니다."

손을 문지르던 도수의 손놀림이 멈췄다.

"해주세요."

"뭐든 물어봐 준다면."

"좋습니다."

도수가 다시 손소독을 재개하며 말을 이었다.

"환자들은 상당히 초조하고 불안해 보이는 것에 비해 두 분은 태연해 보이시더군요. 이곳에는 환자를 돌보면서 버틸 인력이나 물자가 현저히 부족한데도."

"여기서 멀지 않은 곳에 B&W의 선박이 있습니다."

"……!"

전혀 예상치 못한 대답이었다.

미간을 찌푸린 도수가 물었다.

"그런데 왜?"

어째서 여기서 이렇게 고립돼 있냐는 뜻이다.

한숨을 내쉰 마이크 휴잇이 대답했다.

"우리와 함께 왔던 구조 팀은 모두 물살에 휩쓸렸고 오직 샤론과 저만 남았습니다. 그에 비해 환자들은 많이 남았죠. 아주 곤란하고 열악한 상황이죠. 그리고 이렇게 곤란하고 열악한 상황이라야 우리가 환자들에게 어떤 응급조치를 하든 용인이 됩니다. 가령 여러 케이스의 환자에게 진통제 효과가 있는 B&W의 신약을 쓴다든지."

이건 또 무슨 소리란 말인가?

"그럼 B&W에서 자신들의 신약을 쓰기 위해 의도적으로 두 분과 환자들을 내버려 두고 있단 겁니까?"

"그렇습니다."

"이런 미친."

도수는 욕을 하지 않을 수가 없었다.

"당신은 그 미친 짓에 동조했고?"

마이크 휴잇이 고개를 끄덕였다.

그 순간.

도수가 멱살을 틀어쥐고 밀쳤다.

쾅!

등을 벽이 부딪친 마이크 휴잇이 작은 신음을 뱉고는 고개를 들었다.

"후… 당신이 얼마나 큰 분노를 느끼고 있을지 짐작이 갑니다. 하지만 내 딸 역시 B&W의 심장 성형제를 복용한 상태입니다."

"…뭐라고?"

"방법이 없었어요. 부모는 자신이 악마가 돼서라도 천사 같은 자식을 살리고 싶은 심정뿐입니다. 그렇다고 내 죄를 합리화할 생각은 없어요. 다만 닥터 리, 당신이 심장 성형술을 공개하기 전까진 내 딸이 앓고 있는 확장성 심근병증의 이렇다 할 치료법이 없었습니다."

"아무리 그래도……!"

도수는 밖을 눈짓하며 말했다.

"저 많은 사람들의 피를 일부러 말리고 있다고? 그게 의사란 사람이 할 말인가?"

"B&W는 심장 성형제에 들어가는 성분 중 일부가 심장병 치료 목적 외에도 쓰이길 바라고 있습니다. 그래서 다양한 케이스의 환자들에게 직접 투약해 볼 기회를 잡은 겁니다."

"이게 기회라고?"

"제가 얘기하지 않았다면, B&W에서 개발한 신약의 효과를 세상에 알릴 수 있는 기회가 됐을 겁니다. 안 그래도 실종 처리 된 환자들은 매스컴을 뜨겁게 달구고 있습니다. 이들이 벌 떼처럼 몰려든 기자들 앞에서 B&W의 의료 팀 덕분에 버틸 수 있었다 얘기한다면? 그리고 B&W에선 그들이 먹은 약품이 현재 시판을 앞둔 신약이란 사실을 발표한다면?"

그가 미끼를 던지자 도수는 스스로 생각할 수 있었다. B&W는 지금 이 끔찍한 재난 상황을 철저히 상업적으로 이용하고 있는 것이다. 홍보 목적으로, 또는 제품의 새로운 판매 루트를 발굴하기 위한 목적으로.

그 저열한 상술에 이곳에 갇힌 환자들이 이용되고 있는 것이고.

"악랄하군."

도수가 멱살을 잡은 손에 힘을 풀며 물었다.

"나한테 이런 말을 하는 이유는?"

만약 마이크 휴잇이 말하지 않았다면 도수는 아무것도 알아내지 못했을 것이다.

아니, 알아냈다 하더라도 증거가 없다면 달라지는 건 없었을 터.

하지만 도수가 이 모든 사실을 알아낸 이상 마이크 휴잇은 죗값을 받아야 할 테고, B&W 역시 비난을 피해 가지 못하게 된 셈이다.

침묵하던 마이크 휴잇이 어렵사리 대답했다.

"재난 상황에 내가 B&W의 앞잡이가 돼서 이런 만행을 저지른 것과 같은 이유입니다. 닥터 리, 당신이 내 딸에게 심장 성형술을 해줬으면 합니다."

도수는 즉답하는 대신 질문을 바꿨다.

"이 일이 끝난 후 그 애를 내게 보냈으면 될 일을. 왜 굳이 밝히는지 모르겠군."

어느 정도 비아냥대는 말투였으나 마이크 휴잇은 신경 쓰지 않았다.

"나 역시 좋아서 한 일이 아니기 때문입니다. 내가 죄를 안고 있으면 내 딸이 수술을 받는다 해도 하늘의 보살핌을 받을 수 있겠습니까? 나와 B&W는 죗값을 받을 겁니다."

"아니."

도수는 고개를 저었다.

"B&W는 이 정도 일로 큰 타격을 받지 않을 거야."

"그렇겠죠."

"당신이 독박을 쓰겠지."

"괜찮습니다."

"B&W에 원한이 있나?"

마이크 휴잇은 고개를 끄덕였다.

"그자들은 내 딸을 중독시켰습니다. 지금은 심장 성형제를 복용해야만 살아갈 수 있습니다. 그자들은 완치가 불가능한 질병을 앓고 있는 내 딸을 이용해서 나를 악용해 온 겁니다."

그가 뱉는 말에서 도수는 한 가지 사실을 깨달았다. 마이크 휴잇이 철저히 이용당했다는 것. 그리고 지금도 이용당하고 있다는 것까지.

"…B&W의 심장 성형제에 어떤 부작용이 있는지 모르고 있나 보군."

마이크 휴잇이 눈을 부릅떴다.

"부작용……?"

도수 역시 매디 보웬을 통해서. 그리고 아버지나 엄승진을 통해 여러 번의 우연이 겹쳐 알아낸 사실이니, 마이크 휴잇이 부작용에 대해 모르는 것도 무리는 아니었다. 그가 만약 부작용에 대해 알았다면 도수에게 모든 것을 토로하진 않았으리라.

"그래, 부작용."

도수가 말을 이었다.

"만약 당신 딸의 심장을 심장 성형술로 치료한다 해도 B&W의 심장 성형제를 오래 복용한 부작용을 겪을 수밖에 없다. 나도 정확히 어떤 시기에 어떤 증상이 발생하는 부작용인지까진 알지 못해. 만약 B&W의 심장 성형제가 독약이라면 중독됐을 시 어떤 해법이 있는지도 모르는 상태다."

"그게 무슨……!"

마이크 휴잇의 얼굴이 휴지 조각처럼 구겨졌다. 처음 봤을 때부터 얼마 전까지 은은하게 입매에 감돌던 미소는 흔적도 찾아볼 수 없었다. 심지어 그의 볼을 타고 눈물이 흐르고 있었다.

"말도 안 돼… 부작용이라니……. 그런 말은 없었어."

"굳이 당신한테 얘기할 이유가 없지. 아는 사람이 적으면 적을수록 보안 유지에 유리할 테니."

"그 개새끼들이……!"

마이크 휴잇이 이를 빠드득 갈았다.

한편 도수는 힐긋 문 쪽을 바라봤다. 곧 샤론 카터렐리가 환자를 데려올 시간이었다.

해서, 그는 목소리를 낮추고 마이크 휴잇에게 한 가지 제안을 했다.

"…비관적인 상황이긴 하지만 정신 바짝 차려보자고. 내 환자 중에 심장 성형제를 장기 복용 한 환자가 있다. 그가 겪은 부작용은 심장이 녹아내리는 것. 난 심장 성형술로 그 환자를 살려뒀어. 하지만 언제 또 부작용이 일어날지 모르는 상황이다. 그 환자와 당신 딸, 그리고 또 다른 심장 성형제를 복용한 환자들. 난 힘닿는 데까지 그들 모두를 완치시킬 거야."

"……."

마이크 휴잇은 도수에게서 눈을 떼지 못했다.

'완치시켜 주겠다고?'

믿어도 될까?

잠시 고민했지만 이미 엎어진 물이었다.

주워 담을 수 없다.

더구나 도수는 그가 봐온 실력자 중 으뜸가는 실력자.

그가 할 수 없다면 어떤 의사라도 해낼 수 없을 터였다.

그렇기에, 마이크 휴잇은 결정하는 데 오랜 시간이 걸리지 않았다.

"그렇게만… 해주십시오. 그럼 뭐든 하겠습니다."

그가 머리를 떨구며 말했고.

도수는 고개를 끄덕였다.

"난 내 일에 집중할 테니, 당신은 당신 나름대로 해줘야 할 일이 있다. 당신 딸 같은 아이가 더 이상 생겨나지 않도록 막기 위해서. 속죄를 위해서."

제11장
조우

　일본에 도착한 매디 보웬은 즉시 현장으로 갔다. 가장 먼저
쓰나미가 덮친 이후 현장을 취재한 그녀는 동일본병원에 들렀
다.

　그러나 도수를 만날 수는 없었다.

　"…실종된 상태입니다."

　통역가를 통해 소식을 들은 매디 보웬의 눈꺼풀이 떨렸다.

　"실종이요? 그게 무슨 소리죠?"

　아사다 류타로는 고개를 떨구며 대답했다.

　"출동 나갔다가 여진으로 인한 2차 쓰나미에 휩쓸리고 말
았습니다. 진작 막았어야 했는데……"

"맙소사……"

매디 보웬은 다리 힘이 풀려 휘청거렸다.

항상 위험한 곳을 전전하던 도수.

그러나 매번 영웅적인 면모를 보이며 무사히 부상자들을 구출해 왔다.

그래서 간과했었는지도 모른다.

이런 날이 올 수 있다는 것을 알면서도, 도수만큼은 이런 끔찍한 사고를 당하지 않으리라고.

"대응은요? 찾고 있나요?"

"예. 최선을 다해 찾고 있습니다. 언론에는… 아직 공개하지 말아주십시오."

"……"

"닥터 리의 실종이 국제사회에 얼마나 큰 파장을 불러올지 알고 계시지 않습니까? 이를 고려한 일본 총리께서 직접 특별 지시를 내리셨다고 하니 조금만 더 기다려 달라는 정부 측 요청입니다."

"이틀."

"예?"

"이틀 기다리겠다고 전해주세요."

매디 보웬은 정확히 알고 있었다. 쓰나미가 덮친 전 지역을 수색하는 데 걸리는 시간이 하루. 그 외 시설들을 탐문하는 데 걸리는 시간이 하루.

이렇게 이틀이 지나도 도수의 흔적을 발견하지 못한다면 지금쯤 바다 어딘가에서 표류하고 있다는 뜻이다. 그가 사라진 시간을 감안했을 때, 표류하고 있다면 그건 살아 있는 도수가 아닌 시신일 터였다.

아사다 류타로는 침울한 얼굴로 고개를 끄덕였다.

"…알겠습니다."

매디 보웬은 미세하게 떨려오는 손을 등 뒤로 감추며 몸을 돌렸다.

'이렇게 가려고 그 전쟁 통에서 살아 돌아왔던 거야?'

식은땀이 흘렀다.

도수의 실종.

그게 죽음을 의미한다는 것을 받아들이기 힘들었다.

'살아 있지?'

그녀는 창밖의 회색빛 하늘을 일별하곤, 고개를 돌려 앞을 보았다.

강미소, 이하연, 나유하가 눈이 퉁퉁 부은 채 초상집 분위기로 앉아 있었다.

왈칵.

매디 보웬도 눈시울이 뜨거워졌다.

저기 껴서 함께 울고 싶은 심정이었다.

그러나 그녀는 기자.

입술을 깨물고 그들에게 가서 말을 붙였다.

"저는 뉴욕타임스의 매디 보웬입니다. 실종된 닥터 리와는 친분이 깊었어요. 여러분들이 닥터 리와 함께 한국에서 오신 분들이시죠?"

＊　　　＊　　　＊

　기적이 일어난 것은 이튿날 아침이었다.

　도수의 소식은 병원이 아닌 매디 보웬의 개인 번호로 들어왔다.

　띠리리리리. 띠리리리리.

　벨 소리를 듣고 잠에서 깬 매디 보웬이 전화를 받았다.

　"매디 보웬입니다."

　—오랜만이에요, 매디.

　"……!"

　벌떡.

　몸을 일으킨 매디 보웬이 이불을 발로 걷어차며 물었다.

　"닥터 리?"

　—맞습니다.

　"뭐야? 몸은 괜찮은 거야? 이게 다 어떻게 된……."

　—하나씩.

　"뭐라고?"

　—하나씩 물어보세요.

"아!"

매디 보웬은 얼굴이 붉어졌다. 입가에 번지는 미소를 막을 수는 없었다.

"여전히 재수 없네. 사람들 걱정은 혼자 다 시키고."

—미안합니다. 사정이 있었어요.

"무슨 사정?"

—구조 작전 중에 쓰나미에 휩쓸렸습니다.

"들었어."

—들었을 거라고 생각했어요. 지금 일본이에요?

"그래."

—이쪽으로 좀 와주셔야 할 것 같습니다.

도수의 말을 들은 매디 보웬은 즉시 수첩을 폈다.

"어딘데?"

—정확한 위치는 모르겠어요. B&W의 윌리암슨호고, 일본 에서 조금 떨어진 곳을 항해하고 있습니다. 헬리콥터를 이용 하시면 될 거예요. 찾아올 수 있겠어요?

B&W?

뜻밖의 상호를 들은 매디 보웬은 궁금한 게 많았지만 지금 긴 대화를 나누는 것은 적합하지 않다고 판단했다. 모든 것은 만나면 밝혀질 터.

그녀가 간단히 답했다.

"나 매디 보웬이야."

―그럼 오셔서 뵙죠.

"그때까지 몸조리 잘하고 있어. 다친 덴?"

―괜찮습니다.

"오케이."

전화를 끊은 매디 보웬은 상사에게 전화를 걸었다.

"매디 보웬이에요."

―그곳 상황은 어때?

"생각보다 피해가 커요."

―뉴스를 통해 소식은 들었어. 자넨 우리 회사의 중역이니 무리하지 말고 몸을 아끼게. 남들 다 취재하는 빤한 뉴스에 목숨 걸지 말란 뜻이야. 이제 자네도 일선 기자는 아니니까……

"보스."

―왜?

말을 자른 매디 보웬이 덧붙여 물었다.

"제가 언제 빤한 기삿거리 가져간 적 있어요?"

―뭐?

그녀의 상사는 오래 손발을 맞췄던 파트너답게, 그 질문에 담긴 의미를 금세 알아챘다.

―새로운 소식이 있는 건가?

"이도수 선생. 기억하세요?"

―자네가 라크리마에서 취재했던?

"맞아요."

―한국에서도 굉장한 활약을 했다면서.

"한국만이 아녜요. 일본에서도 대단한 활약을 하고 있으니까."

―어떤 활약?

"일본 국민들을 구조하기 위해 직접 출동했다가 실종됐었어요. 얼마 전까지."

―얼마 전까지?

"지금은 B&W 소유의 선박에 탑승하고 있더군요."

―B&W라면……

"맞아요. 우리가 캐던 제약 회사."

―구린내가 나는데.

"직접 가서 확인해 보려고요. 근데 B&W의 선박이 바다 한가운데 있어서 위치를 파악하기도, 이동하기도 어려운 실정이에요."

―선박 이름은?

"윌리암슨호."

―내가 알아봐 주지.

대답을 들은 매디 보웬은 빙그레 미소 지었다.

"부탁드려요."

―누구 부탁이라고. 알겠네. 그럼 끊지.

전화가 끊기자마자.

매디 보웬은 도수를 만나러 떠날 채비를 서둘렀다.

도수가 자신에게만 우선적으로 연락한 점. 또한 돌아와서 이야기하지 않고 그녀를 B&W의 선박으로 초대한 것으로 미뤄 볼 때 분명 이유가 있으리라 여겼다.

"B&W… 자꾸 엮이네."

매디 보웬의 눈이 반짝였다.

*　　　*　　　*

타타타타타타타타!

매디 보웬은 대사관에서 지원해 준 헬리콥터를 타고 윌리암슨호로 향했다.

동일본병원에서 도수가 있는 위치까지 걸린 시간은 사십분.

그녀가 탄 헬리콥터가 착륙하자, 미리 소식을 들은 마이크 휴잇과 도수가 마중을 나왔다.

"마이크 휴잇입니다."

"매디 보웬이에요."

두 사람이 악수를 했다.

그사이 매디 보웬은 상대를 관찰했다.

'마이크 휴잇?'

들어본 적 있는 이름이었다.

B&W 측에서 구호 팀장으로 여기저기 파견했던 남자다.

외상 외과 파트에서 제법 명성을 날린 권위자로, 얼마 전까지 소말리아에서 의료봉사를 하고 있었다.

"소말리아에선 언제 오신 거예요?"

"저에 대해 잘 아시나 보군요."

"B&W를 조사하고 있어서요."

"타임스에서 B&W를 예의 주시 하고 있다는 소식은 들었습니다."

"타임스가 아닌 저 하난데요."

"뭐… 어쨌든."

"그나저나 이상하네요."

그녀는 도수를 일별했다.

"두 사람 같이 저를 마중 나오다니. 마치 한패 같잖아요?"

빙그레 웃은 도수가 한 발 다가오며 말했다.

"비슷합니다. 이차 구호 팀 책임자인 이학승 사장은 기자가 온다는 걸 모르고 있어요. 기자님을 저와 인연이 깊은 외상 외과 전문의로 알고 있죠."

이학승 사장은 B&W 한국지사 사장이었다.

매디 보웬이 눈을 치떴다.

"이학승 사장? 그 사람이 직접 B&W 구호 팀을 이끌고 있다고요?"

"그렇게 됐습니다. 자세한 얘긴 들어가서 하시죠."

세 사람은 안으로 들어갔다.

미팅 룸으로 들어가자 먼저 와 있던 이학승이 세 사람을 맞이했다.

"반갑습니다. 이학승입니다."

"매디 보웬이에요."

그녀가 소속과 직업을 밝히지 않고 도수의 눈치를 살피자.

피식 웃은 도수가 말했다.

"타임스 기자님입니다."

"……!"

이학승이 눈을 치떴다.

그러더니 딱딱하게 굳은 표정으로 물었다.

"지금 이게 무슨 상황입니까?"

그 질문에 대답한 것은 마이크 휴잇이었다.

"너무 신경 쓰지 마십시오. 우리 B&W의 신약이 얼마나 기막힌 효험을 가지고 있는지, 현장에 있었던 환자들 증언을 취재하러 오신 거니까요."

"그럼 왜 내게 타임스 기자분이 오신다고 솔직히 말하지 않은 겁니까? 상부에 보고도 않고 이런 짓을 벌이다니."

"우리가 그런 걸 일일이 보고할 관계는 아니라고 생각하는데요. 게다가 제가 따로 기자분을 모신 걸 이학승 팀장이 아셨다면 막을 거라고 생각했습니다. 본인한테 호의적인 기자들을 따로 부를 테니까. 뭐, 어쨌든 상부에는 제가 따로 보고서를 올릴 생각이니 괘념치 마십시오."

마이크 휴잇이 빙그레 웃자.

이학승의 표정이 돌처럼 굳었다.

"이런 분이셨습니까?"

"제가 어떤 사람인지는 우리 관계에 따라 달라지겠죠. 솔직히, 아직까진 당신을 경계하고 있습니다."

"…무슨 뜻인지 알았습니다. 우린 조금 더 알아갈 필요가 있겠군요."

그렇게 대답한 이학승은 머리가 복잡해졌다. 기자 앞에서 B&W의 내부적인 분란을 대놓고 보여줄 수도 없는 노릇.

'어떻게 돌아가는 거지?'

그는 마이크 휴잇의 표정을 자세히 뜯어보았으나 속내를 읽을 수는 없었다. 다만 한 가지 추측은 가능했다.

'공로를 내게 넘기기 싫은 건가?'

일리 있는 생각이었다.

마이크 휴잇은 B&W 구호 책임자로서 은밀히 전달된 본사의 밀명을 충실하게 수행했다.

신약을 시험할 환자들을 발굴해 냈고, 그들을 한데 모아 기존에 판매되고 있던 신약과 실험할 신약을 적절히 섞어 투약했다.

그 대가로 팀원들을 잃었지만 어디까지나 사고로 인한 과실.

본사에선 그의 공로를 인정해 줄 터였다.

한데 여기서 이학승이 2차 구호 팀 책임자로 투입되면서 자신이 이룬 공로가 모두 이학승에게 넘어갈 위기에 처한 것이다.

본사에선 현장의 상황을 정확히 알지 못하고, 최종적으로 현장을 정리하는 책임자는 이학승이 될 것이므로.

'머리 좀 썼군. 그런데……'

그의 눈길이 도수를 향했다.

'이 자식은 뭐야?'

이곳에 있으면 안 될 인물이 이곳에 있었다.

그 시선을 빤히 마주친 도수가 미소를 지었다.

"두 분 모두 너무 날 세우지 않으셨으면 합니다. 저도 B&W의 신약을 투약받고 심각했던 부상을 고통스럽지 않게 치료받을 수 있었습니다. 이 사실이 알려지면 너 나 할 것 없이 좋은 일 아니겠습니까? 환자들에게도, B&W에게도요."

"허."

이학승은 헛바람을 뱉었다.

'이놈 봐라?'

설마.

자신의 스카우트 제안을 거절해 놓고 마이크 휴잇에게 붙은 것인가?

B&W 신약의 효능을 보고 B&W 쪽에 투신하기로 태세 전

환 했다?

가장 그럴듯한 가설을 세운 이학승이 말을 이었다.

"그것참 다행입니다. 국제사회에 적잖은 영향력을 떨치고 계신 분이니. 몸 성히 한국으로 돌아가셔야지요."

비아냥대는 투가 역력했다.

도수가 지금 와서 B&W를 돕는다면, 자신만 물 먹은 게 되는 셈이다.

그가 이런 위험한 곳까지 와서 구호 팀장직을 수행하고 있는 것은 모두 도수 때문이었다.

B&W 한국지사장으로서 역할을 훌륭히 소화해 내지 못했기에.

지금은 자신의 실을 공으로 덮고 있는 중이다.

물론 이 같은 입장이 전혀 관심 없는 도수는 태연하게 대답했다.

"감사합니다. 그럼 저희는 할 일을 하러 가보겠습니다. 기자님은 저를 따라오시면 됩니다."

고개를 꾸벅 숙인 도수가 매디 보웬과 함께 미팅 룸을 나갔고.

마이크 휴잇도 뒤따라 목례를 했다.

그때, 이학승 사장이 발목을 잡았다.

"뭡니까?"

"뭐가요?"

"닥터 리는 우리 회사에 반감이 있던 인물이었습니다."

"지금은 아니지요. 그게 중요한 겁니다. 우리 회사 약을 먹고 목숨을 구했고, 지금은 우리 회사 약을 국제사회에 홍보해 줄 키맨이 됐습니다."

"……."

이학승이 미간을 찌푸린 채 할 말을 잃은 사이.

마이크 휴잇이 문을 열고 나서며 덧붙였다.

"그럼 저도 제가 맡은 임무를 끝까지 책임지고 완수하러 가 보겠습니다."

*　　*　　*

미팅 룸을 나선 매디 보웬은 도수의 뒤를 쫓다가 어느 정도 거리가 떨어지자 걸음을 멈췄다.

"무슨 생각이야?"

도수가 고개를 돌렸다.

"뭐가요?"

"좀 혼란스럽네."

"……?"

"몸이 괜찮은 건 반가워해야 할 일인데. 지금은 반가운 마음이 식으려고 해. 정말 B&W를 돕기라도 할 셈이야?"

"신약에 문제가 없다면 못 도울 것도 없죠."

"심장 성형제를 복용한 사람들을 보고도……"

"그 부작용의 원인이 심장 성형제란 것도 확실한 게 아니지 않습니까?"

"너, 어떻게……!"

피식.

웃은 도수가 대답했다.

"농담입니다. 최대한 이목을 끌어야 폭탄을 터뜨렸을 때 화력이 멀리까지 가죠."

"그 얘기는?"

도수가 고개를 끄덕였다.

"B&W의 신약은 지금 당장 느꼈을 땐 정말 신묘한 효능을 가지고 있습니다. 문제는 이 신약이 심장 성형제와 같은 성분으로 만들어졌다는 거죠. 같은 부작용을 가졌을 확률이 매우 높습니다."

"이런 빌어먹을 새끼들……! 하지만 그걸 어떻게 증명해? 부작용을 증명할 방법이라도 찾은 거야?"

"아직이요."

"그런데?"

매디 보웬이 고개를 갸웃하자.

도수가 차분하게 자신의 계획을 설명했다.

"어차피 단숨에 무너질 기업이 아닙니다. 일단 의혹 정도만 키워도 돼요. 진실을 알려서 B&W에 대한 의혹을 심어두면 나중에 부작용을 밝혀냈을 때 기폭제 역할을 할 겁니다. B&W는 쓰나미로 인해 고립된 부상자들을 일부러 구출하지 않고 그들에게 신약을 시험했어요. 이것만으로도 어마어마한 반향이 있을 겁니다."

"증거는?"

"증인은 있죠."

도수가 매디 보웬의 어깨 너머를 향해 턱짓했다.

그녀가 고개를 돌리자.

어느새 뒤따라온 마이크 휴잇이 입을 열었다.

"제가 증인입니다. 직접 회사로부터 지시를 받았으니까요."

제12장
인터뷰

"좋아."

매디 보웬이 말했다.

"그럼 인터뷰부터."

도수는 고개를 끄덕였다.

세 사람은 조용한 객실로 이동했다.

매디 보웬과 도수가 마주 앉자, 매디 보웬이 먼저 입을 열었
다.

"미국 최대의 제약 회사 B&W에 대해 할 얘기가 있으시다
고요."

그녀는 존대를 했다.

도수 역시 별다른 반응 없이 고개를 끄덕였다.

"예."

"말씀 부탁드립니다."

"동일본 쓰나미로 인해 파견된 B&W의 구호 팀은 부상자들에게 동의도 받지 않은 상태에서 의도적으로 시험 단계에 있는 신약을 실험했습니다."

"구체적으로 어떤 형태로 이뤄진 실험이었죠?"

"일단 부상을 입은 채 구출된 환자들을 고립시켰습니다. 신약을 투약할 만한 환경을 만든 거죠. 그다음 시중에 판매되고 있는 몇 가지 약물과 섞어서 투약했습니다. 안 그래도 혼란스러운 상황에서 고립됐던 환자들이 자신이 복용한 약물에 대한 의심을 가지지 못하도록 만든 겁니다. 만약 그들 중 누군가 나중에 의심을 갖고 의혹을 제기하더라도, 시중에 판매되고 있는 약물을 투약받은 사람들이 다수 있기 때문에 모두가 합심해서 진실을 밝혀낼 수 없게 한 거죠."

"B&W에서 검증되지 않은 신약을 실험하기 위해 의도적으로 고립된 환자들을 구출하지 않고, 여러 약물로 혼선을 주면서 신약을 끼워 넣었다는 건데요."

"맞습니다."

"이게 사실이라면 엄청난 처벌이 뒤따르지 않을까요?"

"연루된 사람들은 모두 구속되고 천문학적인 벌금을 맞게 되겠죠."

"B&W 측도 그걸 알고 있을 텐데 이런 무모한 짓을 벌인 이유가 뭐라고 생각하십니까?"

"밝혀지지 않는다면 그 이상의 기업 홍보 효과와 비용 절감 효과를 볼 수 있을 겁니다."

"그것만으로는 동기가 부족한 것 같습니다."

"제가 B&W 쪽 사람이 아니니 정확한 대답을 할 수는 없지만… 이 일로 얻게 될 손익에 앞서 자신들이 행한 범법 행위가 절대 밝혀지지 않을 거라고 생각했을 겁니다."

"제가 듣기에도 모두 추측에 지나지 않는 것처럼 들리니까요. 만약 범법 행위가 이루어졌다면 어떻게 안 들킬 거라고 확신할 수 있었을까요?"

"B&W는 이번 구호 책임자의 약점을 쥐고 있습니다. 책임자만 입을 닫았다면 실제로 이 문제가 겉으로 드러나지 않았을 테고요. 저 역시 B&W의 악행을 모르고 지나쳤을 겁니다."

"약점이요?"

"그 얘긴 B&W 구호 책임자 마이크 휴잇 씨가 대답해 주실 겁니다."

고개를 끄덕인 매디 보웬이 마이크 휴잇에게 눈길을 돌렸다.

"마이크."

"후……."

길게 숨을 뱉은 마이크 휴잇이 천천히 입을 열었다.

"닥터 리의 말이 맞습니다. 우리 딸은 확장성 심근병증이라는 선천적 질병을 앓고 있습니다. 바티스타 수술의 예후가 좋지 않고 이렇다 할 방법을 찾지 못하고 있는 상황에서 B&W의 심장 성형제 개발 소식을 들었습니다. 자원하는 몇몇 특정인들에게 시험 판매를 하고 있는 단계였습니다. 지푸라기라도 잡고 싶은 마음에 우린 그 약을 받아 복용하기 시작했고, 어느덧 복용하지 않으면 안 되는 지경에 이르렀습니다."

"심장 성형제는 치료약이 아닌가요?"

"치료하는 데에는 지속적인 복용을 필요로 합니다. 그리고 하나 더. 강력한 중독성 때문에 아이가 힘들어했습니다."

"중독성이요?"

"예. 마치 마약을 복용한 것처럼 금단증상이 심각했습니다."

"그건 좀 이상하네요. 확장성 심근병증을 완치하게 되면 결국 약을 끊어야 할 텐데."

"그렇습니다만 사실 그 자체로 큰 문제가 되진 않습니다. 왜냐하면 실제로 치료를 위해 마약성 진통제나 중독성이 있는 약물들이 쓰이기 때문입니다."

"그럼 뭐가 문제죠?"

"B&W의 일을 돕지 않겠다고 했더니 우리 딸을 심장 성형제 시험 판매 대상에서 제외시켰던 것이 문제입니다. 무언의 협박인 거죠."

"맙소사. B&W처럼 큰 회사가 개인을 협박한다고요?"

"아무것도 묻지 않고 충직하게 일선에 나서줄 총알받이가 필요했던 겁니다."

"믿기 힘든 얘기네요."

"이를 증명할 어떠한 증거도 없습니다. 다만 B&W의 구조선과 교신 내역이 있습니다. 부상자들이 고립돼 있는 것을 알면서도 구조를 미룬 내용입니다."

"실험에 대한 내용도 있나요?"

마이크 휴잇은 고개를 저었다.

"그 부분은 조심스럽게 다루고 있습니다. 어떤 증거도 남기지 않아요."

"그럼 결국 직접적인 책임을 물을 수는 없겠네요. 도의적인 책임 외에는."

"…그렇습니다."

"개발 단계에 있는 신약을 시험했다는 것을 알아볼 방법은 없나요? 가령 검사를 해본다거나."

"그 역시 판매 중인 제품들 중 비슷한 약물들이 있어서 밝혀내기 어려울 겁니다."

매디 보웬의 안색이 어두워졌다. 그러나 그녀는 꿋꿋하게 다음 질문을 이어갔다.

"이상한 점이 있어요."

"예."

"이 사실이 보도되면 B&W는 도의적 책임을 져야 할 거예요. 한동안 시끄러워지겠죠. 신약 실험이 사실이든 아니든 여론을 잠재우려면 누군가 책임질 사람이 필요할 겁니다."

"그렇겠죠."

"…그 사람은 마이크 휴잇 씨가 될 확률이 높고요. 제 생각만 그런 건가요?"

"아닙니다. 아마 제가 이번 일에 대한 책임을 지고 물러나게 될 겁니다."

"그렇게 되면 B&W에서 따님에게 제공하던 심장 성형제를 중단할 수도 있지 않을까요?"

"그렇게만 된다면 심장 성형제로 우리 부녀를 협박한 것을 자인하게 되는 셈이지만, 그리 호락호락하진 않을 겁니다."

"더 이상 심장 성형제를 제공받지 않아도 된다는 것처럼 들리는데."

"맞습니다. 우리 애는 닥터 리에게 심장 성형술을 받을 거예요."

"아……!"

"제가 큰 결심을 할 수 있었던 것도 모두 닥터 리의 실력을 직접 보고 나서입니다. 닥터 리가 우리 애를 수술해 주겠다고 약속했어요."

"이제 닥터 휴잇의 행동이 설명되네요."

그 순간.

도수가 나섰다.

"기사를 써주시는 건 기자님 몫이지만 꼭 실어주셨으면 하는 내용이 있습니다."

"뭐죠?"

"확장성 심근병증을 앓고 있으신 분들은 비용 걱정 말고 모두 천하대병원으로 문의를 달라는 내용을 실어주십시오."

매디 보웬이 눈을 치켜떴다.

"적지 않은 수술 비용이 든다고 알고 있는데… 비용을 무상 처리 해주시겠다는 뜻인가요?"

"그렇습니다."

"왜……?"

'왜 그렇게까지 하는 거야?'라고 묻는 듯한 표정.

쓸쓸하게 웃은 도수가 대답했다.

"영웅이 되고 싶은 생각은 없습니다. 하지만 환자들이 불안정한 약을 복용하고, 중독되고, 어떤 부작용이 있을지 모르는 불안감에 시달리는 모습을 보고만 있을 수는 없어요."

"그렇게 대놓고 선언해 버리면 B&W에서 굉장히 의식할 텐데."

"어차피 부딪쳐야 할 관계입니다. B&W는 제가 심장 성형술을 성공했을 때부터 그 사실을 알고 있었는데, 저만 몰랐던 것 같습니다. 저는 B&W가 정말 문제없는 심장 성형제를 만든다면 지지하는 입장이었으니까요."

"그런데 왜 태도를 바꾼 거죠?"

"B&W에서 해당 제품을 영업하는 방식에 문제가 많다는 것을 알았습니다."

"그럴 수 있겠네요. 하지만 B&W는 미국에서… 아니, 세계에서 가장 큰 제약 회사예요. 세계 각지의 병원들에서 그 회사 제품을 사용하고 있죠. 그런 곳을 비난한다는 것은 자칫 B&W만이 아닌 그들과 거래하고 있는 병원들에게까지 영향을 주는 일이 될 수 있어요."

"알고 있습니다."

"그럼에도 두렵지 않나요?"

도수는 매디 보웬의 의도를 읽을 수 있었다. 그녀는 도수를 영웅으로 만들려 하고 있다. 도수의 생각이 어떻든, 그편이 매디 보웬이 B&W의 비리를 밝혀내는 데 도움이 될 테니까.

도수는 순순히 응해주었다.

"그 힘을 믿고 B&W에서 부정을 저지를 수 있다면, 그 힘을 개의치 않는 누군가도 필요하다고 생각합니다."

"닥터 리의 용기에 감명받았습니다."

매디 보웬이 빙그레 웃었다.

"그 외에 더 하실 말씀 있으신가요?"

"예."

도수가 말했다.

"전 얼마 전까지 내전이 끊이질 않던 라크리마에 있었죠. 기업부터 자선단체까지 수많은 구호단체들을 접해왔습니다. 그 경험에 빗대 생각하건대 구호가 필요한 지역은 대부분 사각지대에 위치해 있습니다. 그곳 사람들은 대부분 자신들이 받는 구호품이나 구호 활동의 진의를 의심하거나 분석할 여력도 여유도 없는 사람들이에요. 여력이 된다 해도 일반인의 의료 지식으론 한계가 있고요. 그렇다고 정부에서 그 역할을 대신해 주지도 않는 실정입니다. 저는 이번 일을 겪으면서, 구호 인력이나 구호품에도 검증이 필요하다는 생각을 했습니다."

"선의를 떠나 마땅한 절차를 밟아야 한다는 거군요."

"그렇습니다."

구호 물품들은 대부분 인체에 관련된 것들이 많다. 흔하게는 먹을 것부터 시작해서 각종 약품, 의료 장비들까지. 이런 부분에서 문제가 생긴다면 인명과 직결될 수밖에 없는 것이 사실이었다.

매디 보웬은 고개를 끄덕였다.

"이 대목은 꼭 실어드리죠."

빙그레 웃은 그녀가 자리에서 일어나며 말했다.

"난 고립돼 있던 부상자들 인터뷰 좀 따야겠어. B&W의 신약이 얼마나 뛰어난지 먼저 보도를 하고, 관심이 몰렸을 때 지금 한 인터뷰를 터뜨릴 거야. 말도 안 되게 효험이 좋은 '훌륭한 약품'이, 역시 말이 안 될 정도로 좋아서 '의심이 가는 약품'이 되도록. 지금 취재한 것만으로도 충분히 B&W의 양심이 논란의 도마 위에 오를 만하니 내가 굳이 꾸미지 않아도 저절로 의심을 받게 되겠지."

"그런 오해를 막으려면 B&W에서 스스로 기존 약품들과 앞

으로 나올 신약들을 검증할 수밖에 없겠군요. 검증하지 않는
다면 그건 정말 의심받아 마땅한 거고."

"맞아. 신약의 부작용이 의심된다면 기존 약물들이라고 안
심할 순 없는 거니까."

"좋은 생각이에요."

"그리고 넌 영웅이 될 거야."

"예?"

"안 그래도 인천 선박 침몰 사건 때 현장에서 뛰던 모습이
보도되면서 많은 사람들에게 감동을 줬어. 이번에는 본인도
죽을 뻔했으면서 그 와중에 고립된 부상자들을 치료했지. 네
게 치료받은 사람들은 B&W의 신약에서도 얘기하겠지만, 너
에 대해서도 얘기할 게 분명해."

"…할 일을 했을 뿐인데."

"그 대사도 꼭 써주지."

두 사람은 서로의 얼굴을 보며 피식 웃었다. 도수는 어쩐지
낯간지러웠다. 정치인이라면 언론플레이를 통해 스스로 이미
지를 만들겠지만, 도수는 의도적으로 뭔가를 노린 적이 없었
던 것이다. 그저 사람들을 치료하고, 더 많은 환자들이 발생
하는 것을 막으려 하고 있을 따름이다.

그의 생각이 어떻든.

아이러니하게도 사고, 재난, 질병, B&W의 시커먼 저의같이
끔찍하고 흉물스러운 것들이 되레 도수를 영웅으로 만들고

있었다.

                    *   *   *

　뉴욕 B&W 본사.

　한 사람이 흐뭇한 표정으로 TV를 주시하고 있었다. 그는 바로 세계적인 제약 회사 「브라운&윌리암슨」의 중책을 맡고 있는 사내였다.

　뉴라이프 프로젝트.

　미래 연구 개발부의 부장.

　다시 말해 B&W의 실세라고 할 수 있다.

　"역시 일 하나는 참 잘해."

　그가 겨냥한 대상은 마이크 휴잇이었다.

　이학승에게 듣기로, 그가 유명한 타임스 기자를 데려와서 잘 구워삶은 부상자들에게 B&W의 신약 효능을 증명하는 인터뷰를 했다고 들었다.

　B&W 본사에선 단순히 '언론보도'만 지시했을 뿐인데 퓰리처상까지 받은 거물을 데려와서 취재할 줄이야.

　그야말로 센스가 있었다.

　흡족하게 TV를 통해 일본 쓰나미 현장에서 날아온 소식을 감상하는 그때.

　인터폰이 울렸다.

"네."

─보스, 뉴욕포스트의 폴 콘리 기자입니다.

"연결해요."

곧, 폴 콘리 기자의 목소리가 들려왔다.

─큰일 났습니다.

다급하고 초조한 음성.

불길한 느낌을 받은 남자의 미간이 찌푸려졌다.

"뭡니까?"

─뉴욕타임스에서 B&W에 대해 공격적인 기사를 실을 예정이랍니다.

충분히 당황할 만한 소식이었으나.

남자는 내색하지 않고, B&W에 대한 칭찬 일색인 TV를 주시하며 다시 물었다.

"내용은?"

─대략적인 것밖에 알아내지 못했습니다. B&W의 구호 선박이 근처에 있었음에도 고립된 부상자들을 방치했다는 것. 그리고 구호 책임자로 파견됐던 마이크 휴잇이 증언을 했다는 것 정도입니다.

"그놈이 증언을 했다고?"

─예.

남자는 선뜻 받아들일 수 없었다. 센스 있게 일 처리를 해주는 덕분에 지금 TV에선 B&W의 신약에 대한 홍보가 이루어지고 있는 판국에.

'배신을 했다고?'

딸아이 목숨이 저당 잡힌 자가 배신하는 건 말이 안 된다.

당장 심장 성형제를 제공받지 못하면 언제 목숨이 달아날
지 모르는 아이다.

'확장성 심근병증'이라는 것은 언제 증상이 나타날지 모르
는 병. 증상이 나타나기 시작하면 대부분은 갑작스러운 사망
에 이르는 무서운 병이기도 했다.

딸이 그런 상황에 처했는데 배신이라니.

"착오가 있는 것 아닌가?"

─아닙니다. 그리고⋯⋯.

"또 있어?"

─이건 더 정확하지 않은데, 이도수에 대한 이야기를 얼핏
들었습니다. 그자가 향후 B&W의 해외 구호 활동에 제동을
거는 발언을 했다고 들은 것 같은데⋯⋯.

"⋯⋯!"

남자의 표정이 돌변했다.

방금 전만 해도 들떴던 기분이 서서히 차갑게 식어가고 있
었다.

제13장

인간의 길

‘또다시 발목을 잡는 건가?’

남자는 머리가 지끈지끈 아파왔다.

이도수.

B&W에서 사업을 진행시킬 때마다 매번 교묘하게 들려오는 이름이다.

"일단 알겠다. 위에 보고하고 나중에 통화하지."

—알겠습니다.

전화를 끊은 남자는 회사 전화 대신 개인 핸드폰을 꺼내 어딘가로 전화를 걸었다.

그리고 잠시 후.

익숙한 목소리가 들려왔다.

―얘기하게.

"한국의 닥터 리가 또 문제를 일으키고 있습니다. 타임스에서 기사를 실을 예정이랍니다."

―일본에서의 활동을 얘기하는 건가?

"그렇습니다."

―…서둘러야겠군. 부전자전(父傳子傳)이라더니, 반골 기질이 역력한 자야.

"그럼 부탁드리겠습니다."

―그래. 뉴라이프 프로젝트는 계속 진행해. 대신 심장 성형제 관련된 것들은 잠시 보류하도록.

"보류합니까?"

―일단… 당분간만. 닥터 리 문제를 처리한 후에 진행하도록 하지.

"알겠습니다."

뚝.

전화가 끊겼다.

핸드폰을 책상 위에 던지듯 내려놓은 남자는 뉴욕시가 한눈에 내려다보이는 창밖을 응시했다.

'쉬운 일이 하나도 없군.'

그렇다 해도.

결국 모든 일은 B&W의 뜻대로 진행될 것이다.

그가 속한 B&W는 세계 전역에 거미줄을 펼쳐두고 있었다.
그 거미줄에 걸려든 먹이들 모두 상상을 초월하는 권력자들.

지금까지 그래 왔던 것처럼, 이도수 또한 부수고 지나갈 암초에 지나지 않을 터였다.

*　　　　　*　　　　　*

며칠 후.

세계 언론사들이 B&W를 겨냥한 보도 경쟁을 시작했다.

B&W에선 굳이 기사를 막으려 하지 않았다.

현재 보도되고 있는 어떤 정보도 B&W를 법망에 잡아둘 만큼 위협적이지 않았기 때문이다.

대신, 책임질 누군가는 필요했다.

사약을 기다리는 장수의 심정으로 TV를 보고 있던 마이크 휴잇은 B&W의 사장 대리인으로부터 한 통의 전화를 받았다.

그는 마이크 휴잇을 탓하거나 비난하지 않고 간략하게 말했다.

—책임을 져주셔야겠습니다.

"본사에서 책임을 지겠다면, 저도 죗값을 달게 받을 생각입니다."

—무슨 말씀을 하시는지 모르겠군요. 자발적으로 죗값을 받고 회사에 누를 끼친 일을 만회할 수 있는 기회를 드리는

겁니다. 기회를 잡지 않으시겠다면 본사에선 강제집행에 들어갈 겁니다.

억지로 책임을 떠넘기겠다는 뜻.

이 정도는 마이크 휴잇도 충분히 예상하고 있었기에 큰 반향을 보이지 않았다.

"그렇게 하시죠."

―알겠습니다. 그럼.

상대가 전화를 끊었다.

마이크 휴잇은 겉옷을 걸치고 도수가 머물고 있는 호텔로 움직였다.

시간이 많지 않았다.

땡동.

벨을 누르자 도수가 문을 열었다.

"어서 오세요."

방 안에는 매디 보웬이 도착해 있었다.

새로운 손님, 마이크 휴잇을 포함한 세 사람이 둘러앉자.

마이크 휴잇이 입을 열었다.

"본사에선 이 문제를 온전히 제 책임으로 뒤집어씌우려 하고 있습니다."

"그럼 막아야……."

"아뇨."

마이크 휴잇은 고개를 저었다.

"각오하고 있던 일입니다. B&W에서 순순히 잘못을 인정하지 않을 것도, 대신 책임질 사람을 내세워서 법적인 제재를 만회하려 할 것도."

"……."

매디 보웬이나 도수는 뭐라 할 말이 없었다. 마이크 휴잇이 불쌍해서가 아니다. 쓰나미 피해자들을 고립시키고 검증되지 않은 신약을 시험한 장본인이 마이크 휴잇이다. 당연히 책임을 져야 했다. 그러나 책임질 것은 그뿐만이 아니었다. 더 큰 책임 소지가 있는 것은 B&W 본사다.

두 사람을 응시한 마이크 휴잇이 다시 입을 열었다.

"이제부턴 B&W에서도 적극적으로 움직일 겁니다. 두 분을 방해물로 인지하고 표적으로 삼겠죠."

"각오했던 부분이에요."

"싸울 무기는 충분합니까?"

"아뇨."

매디 보웬이 고개를 저었다.

"세계 최대의 기업 중 하나예요. 언론인으로서의 사명감 때문이지, 싸움이 될 거라 생각하고 뛰어든 게 아닙니다. 아직 시원한 해결책을 찾진 못했지만 최선을 다해봐야죠."

그녀가 도수를 봤다.

"그치?"

도수가 어깨를 으쓱였다.

"의사로서 외면할 수 없었을 뿐입니다. B&W에서 어떻게 나올진 모르겠지만 몇 가지 생각해 둔 대책도 있고요."

피식, 웃은 마이크 휴잇이 고개를 주억거렸다.

"미국에 친구가 있습니다."

"친구요?"

"예. B&W의 성분 분석을 도와줄 겁니다."

"성분 분석?"

매디 보웬이 눈을 치떴다.

"성분 분석 결과에는 아무 문제가 없었다고 알고 있는데요. B&W의 심장 성형제에 부작용이 있을 수 있다는 것도 닥터 리한테 듣고 처음 아셨다면서요."

"사실입니다. 하지만 그 친구라면 밝혀내 줄 수 있을 겁니다. 이쪽 계통에선 따라갈 사람이 없는 녀석이니까."

마이크 휴잇은 지갑에서 명함 한 장을 꺼내 내밀었다.

명함을 받아 읽은 도수는 눈에 익은 병원명을 발견할 수 있었다.

"엘 파소."

"그렇습니다. 원래 B&W에서 근무했던 친구입니다. 제게 심장 성형제 개발 소식과 시험 판매 대상 선정 소식을 알려준 것도 그 친구죠. 지금은 모종의 이유로 좌천된 후 엘 파소 병원에서 병리학 연구를 하고 있습니다."

"병리학 박사라."

"B&W 측으로부터 신약 개발에 참여해 달라고 러브 콜을 받았을 정도니까 분명 도움이 될 겁니다. 직접 참여하진 못했지만 실력이 있는 친구예요. B&W의 약품에 문제가 있다면 부작용을 밝히는 데 큰 도움을 줄 수 있을 겁니다."

고개를 끄덕인 도수가 매디 보웬에게 명함을 넘겼다.

매디 보웬이 명함을 갈무리하며 말했다.

"감사해요."

"그러실 필요 없습니다. 얼마 전까지 저 또한 한통속이었으니까요. 하지만……"

고개를 돌려 도수를 본 마이크 휴잇이 절박한 어조로 덧붙였다.

"제 딸아이만은, 부탁드립니다."

"꼭 완치할 수 있도록 최선을 다하겠습니다."

도수의 대답을 들은 마이크 휴잇의 얼굴이 활짝 폈다. 그만큼 도수를 믿는다는 반증이었다. 서로 안 지는 얼마 되지 않았지만 도수의 실력과 의사로서의 사명감을 똑똑히 봤던 그였다.

그가 물었다.

"이제 어떡하실 생각이십니까? 어느 정도 계획을 들어보면 제가 도움될 수 있는 부분이 있을 것 같아서요. B&W에 대해선 이 중 제가 가장 잘 알고 있지 않습니까."

그러자 매디 보웬과 도수가 동시에 대답했다.

"전 기자의 역할에 충실해야죠."

"의사로서 할 일을 할 겁니다."

마이크 휴잇이 다시 한번 미소 지었다.

"든든합니다. 두 분 같은 분이 계시니 B&W에 문제가 있다면 반드시 밝혀질 겁니다."

＊　　　＊　　　＊

호텔에서 이틀을 머문 도수는 동일본병원으로 돌아갔다.

그를 발견한 팀원들은 표정을 일그러뜨리며 눈물을 그렁그렁 매달았다.

"센터장님!"

"…대체 무슨 일이 있었던 거예요? 기사는 뭐고?"

이미 여기저기서 도수의 인터뷰를 보도했기에 그들은 진즉 소식을 알고 있었다.

그럼에도 이리 격한 반응이라니.

도수는 새삼 감동을 받았다.

그러나 평소 성격대로 내색하지 않고 담담하게 대답했다.

"천천히 말씀드리겠습니다. 그보다 병원으로 이송된 환자들은 어떻게 됐어요?"

"누가 응급처치를 하고 수술을 해놨던지 손댈 게 별로 없던데요."

미소 지은 강미소가 이어 물었다.

"대체 그런 열악한 상황에서 어떻게 수술을 할 수 있는 거예요? 볼 때마다 신기하다니까."

"없으면 없는 대로 해야지, 환자들의 상태가 악화되는 걸 보고만 있을 수는 없잖아요."

도수는 당연한 듯 대답했고.

실제로도 너무 여러 번 그런 행동을 봐왔기에 새삼스럽게 느껴지지 않았지만.

평범한 의사들의 사고방식으로 고려해 보면 결코 아무렇지 않은 일이 아니었다.

강미소가 그 점을 짚고 넘어갔다.

"겸손도 그 정도면 병이에요. 저희도 그런 상황이 있으면 센터장님처럼 나서라고 하시는 말씀인 건 알겠는데… 센터장님이니까 그렇게 강직한 결단을 내리실 수 있는 거라고요."

나유하와 이하연도 열심히 고개를 주억거렸다.

그 옆에.

언제 왔는지도 모르게 아사다 류타로가 같이 고개를 끄덕이고 있었다.

"…오랜만이네요."

피식 웃은 도수가 말하자.

아사다 류타로가 대답했다.

"저는 강 선생 말씀에 전적으로 동의합니다."

"어멋."

"깜짝이야!"

아사다 류타로가 씁쓸한 미소를 보였다.

"제가 그리 존재감이 없는 편은 아닌데."

'알고 보면 나도 엄청나게 유명한 써전입니다'라고 항의하는 듯한 목소리.

살짝 삐친 것 같다.

어깨를 으쓱인 도수가 체면을 살려주었다.

"저랑 오랜만에 재회해서 그렇죠, 뭐."

"제가 끼면 안 될 자리에 낀 건 아닌지 모르겠군요."

아사다 류타로가 난색을 표하자.

강미소가 어깨로 툭 밀며 말했다.

"선생님도 우리 팀원이잖아요? 같이 생사고락을 넘기셨으면서 새삼스럽게."

"하하하하! 그렇게 말해주신다면야."

아사다 류타로가 코끝을 슥 문질렀다.

비록 다른 언어를 쓰고 영어로 대화를 하고 있었으나 마음만은 한 가족처럼 통하는 사이.

그게 바로 함께 고비를 넘나들던 사람들끼리 느끼는 전우애였다.

애정 어린 눈으로 팀원들을 일일이 일별한 아사다 류타로가 입을 뗐다.

"닥터 리가 반가워서도 있지만, 실은 겸사겸사 중요한 소식을 전하러 왔습니다."

"어떤 소식이요?"

빙그레 웃은 아사다 류타로가 개봉 박두를 외치듯 말했다.

"일본 총리께서 여러분을 뵙고 싶어 하십니다. 특히 닥터 리를요."

"와아!"

"진짜요?"

모두가 화색을 띠었지만.

도수는 난처한 표정을 했다.

"환자만 보고 바로 돌아가야 할 것 같은데요."

할 일이 많았다.

천하대병원의 환자들도 언제까지고 다른 사람 손에 맡길 수 없었고.

더군다나 그중에는 언제 어떻게 돼도 이상하지 않은 중증 환자들도 더러 있었다.

"그래도 총리님이 부르신 건데……."

"밥이라도 한 끼 하고 돌아가는 게 낫지 않을까요?"

"그러니까요."

세 여자는 아쉬운 반응이었지만.

도수는 난처해하면서도 자기 생각을 고수했다.

"총리님 측에는 제가 직접 말씀드리겠습니다. 다른 분들은 식사 자리에 참석할 수 있으니 저만 먼저 돌아가는 쪽으로 하죠."

"에이, 센터장님 안 계시면 그게 무슨 의미예요?"

"그러니까. 총리님이 우리 모두 초대하신 것도 센터장님 봐서 꺼낸 얘기일 텐데."

"그건 아닐 겁니다."

미소 띤 도수가 말을 이었다.

"여기 계신 분들 모두 쓰나미 이후 상황을 해결하기 위해 최선을 다했잖아요. 저랑 다를 바가 없습니다. 그러니 그 정도 대우는 받아도 돼요."

그 말에 아사다 류타로가 고개를 끄덕였다.

"저도 같은 생각입니다. 하지만 저도 아쉽긴 하네요. 센터장님은 먼저 돌아가셔야 한다니. 또 무슨 바쁜 일이 있으신지 궁금하기도 하고. 센터장님과 함께한 시간이 의료인으로서의 제 인생 중 가장 보람차고 기억에 남는 시간이었거든요. 그다지 즐거운 일만 있었던 것은 아니었지만……."

다른 이들이 피식 웃었다.

분명 즐거운 시간만 있었던 것은 아니다.

끔찍한 사건 사고들이 겹쳤으니까.

그러나 한편으론 모두가 공감할 수 있었다.

모두 같은 보람을 느꼈고, 잊지 못할 경험들을 아로새긴 시간이었기 때문이다.

감회에 빠진 이들을 둘러본 아사다 류타로가 말을 이었다.

"그래서 전… 이도수 센터장을 따르기로 했습니다!"

"엥?"

"뭐라고요?"

그게 어디 마음대로 된단 말인가?

아사다 류타로는 동일본대학병원 소속.

그러나 지난번에도 그랬듯 아사다 류타로는 그다지 말을 잘 듣는 편이 아니었다. 동일본대학병원 내에서도 별종. 유일하게 자유분방한 인권을 보장받는 인물이었다. 물론 그 역시 동일본대학병원에서 없어선 안 될 실력을 갖췄기 때문이지만.

도수도 멍한 표정을 짓고 있는데.

멋대로 결정한 아사다 류타로가 씨익 웃으며 말을 이었다.

"전 인생에서 같은 시간이 주어진다면 '어떻게 사는가'가 가장 중요하다고 생각하는 사람입니다. 앞으로의 시간들을 보람으로 채울 수 있다면 기꺼이 모든 걸 포기할 준비가 되어 있습니다."

말은 그렇게 했지만.

어차피 아사다 류타로가 합류한다면 의사 면허 때문에라도 파견 형식이 될 가능성이 높았다.

그 부분은 당사자가 알아서 할 일.

도수는 그의 행동이 뜻밖이긴 했으나 깊게 생각하지 않았다. 어차피 실력 있는 의사가 한 명이라도 더 함께해 주면 전혀 나쁠 게 없었으므로.

심장 성형을 앞둔 상황에서 흉부외과 파트의 권위자가 도
와준다면 더더욱 두 손 들고 환영할 일이었다.

『레저렉션』 7권에 계속…

초대형 24시 만화방

신간 100%, 샤워실, 흡연실, 수면실(침대석), 커플석, 세탁기 완비

▪ 광명 광명사거리역점 ▪

경기도 광명시 오리로 986 광명사거리역 6번 출구 앞 5층
02) 2625-9940 (솔목타워 5층)

▪ 강북 노원역점 ▪

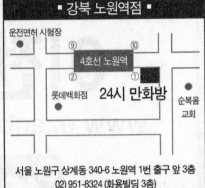

서울 노원구 상계동 340-6 노원역 1번 출구 앞 3층
02) 951-8324 (화용빌딩 3층)

▪ 일산 정발산역점 ▪

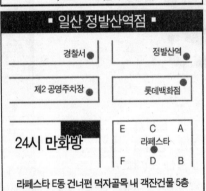

라페스타 E동 건너편 먹자골목 내 객잔건물 5층
031) 914-1957

▪ 일산 화정역점 ▪

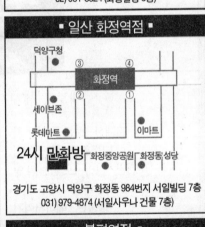

경기도 고양시 덕양구 화정동 984번지 서일빌딩 7층
031) 979-4874 (서일사우나 건물 7층)

▪ 부천 역곡역점 ▪

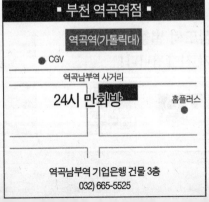

역곡남부역 기업은행 건물 3층
032) 665-5525

▪ 부평역점 ▪

(구) 진선미 예식장 뒤 한신포차 건물 10층
032) 522-2871